LE TRIOMPHE

DE

LA RÉVÉLATION,

POËME EN QUATRE CHANTS.

1815.

LE TRIOMPHE

DE

LA RÉVÉLATION,

POËME EN QUATRE CHANTS,

PAR M. L'Abbé AILLAUD,

PROFESSEUR DE RHÉTORIQUE

AU COLLÉGE DE MONTAUBAN.

————>◦╞═╬╣╡═◦<————

Se vend A PARIS:

Chez

> LE NORMAND, Imprimeur-Libraire, rue de Seine-St.-Germain, n.º 8;
>
> PÉLICIER, Libraire, première Cour du Palais Royal, n.º 10.

Chant troisième, page 32, à la place du 20.ᵉ vers, lisez :
De mille astres formés de semblable matière.

Conformément au Décret relatif au droit de propriété des Auteurs, du 19 juillet 1793,

Je déclare que je poursuivrai, selon la rigueur des lois, tout contrefacteur ou débitant d'édition contrefaite.

A MONTAUBAN,

De l'Imprimerie de Pʜ. CROSILHES, place de la Grande-Horloge.

1815.

DISCOURS
PRÉLIMINAIRE.

(*) Un principe invariablement adopté par tous les publicistes, c'est que la stabilité des gouvernemens consiste dans le bon état des mœurs nationales. Les meilleures lois deviennent tyranniques sous des magistrats corrompus. Certainement nul décret émané du sénat, nulle loi portée par le peuple, n'autorisèrent jamais dans la Sicile les effrayantes concussions de *Verrés*; ni dans la Numidie,

---

(*) Ce Discours préliminaire, et le Poëme du Triomphe de la Révélation, ont été approuvés par la censure, un mois avant la terrible catastrophe qui a causé tant de malheurs à la France.

les extorsions qui ornèrent depuis les jardins de *Saluste* ; ni dans l'Orient, l'usurpation des richesses immenses qui entretinrent dans Rome les banquets et le luxe du Sybarite *Lucullus*. Elles n'accordèrent jamais à Jugurtha le droit impie d'égorger ses frères. Sans doute les lois de la République romaine étaient fondées sur la justice : mais les mœurs une fois perdues, les lois se taisent, et les passions prennent leur place. Ainsi, sous l'empire de ces mêmes lois, qui avaient produit des Camille, la postérité du plus fidelle allié des Romains fut par l'avarice sacrifiée à l'ambition ; et César, enrichi des rapines de *Saluste*, dissimula, pour son propre intérêt, les scandaleuses déprédations de cet insatiable proconsul.

Mais, qu'entendons-nous par le bon état des mœurs nationales ? Si je ne me trompe, il existe dans l'observance fidelle des principes qui forment la constitution morale d'un peuple bien organisé. Par bonnes mœurs, on doit concevoir l'exécution des devoirs qui lient tous les citoyens. Amour de la patrie, obligations envers elle, envers chaque membre de la grande Famille ; attachement à la Religion, abnégation de toute ambition isolée au préjudice de l'État : voilà les points fondamentaux de la morale publique. Ce principe une fois posé et reconnu, nous trouverons la base de la prospérité des mœurs dans la seule modération. Mais cette même modération ne peut régner parmi les diverses classes des citoyens, si les magistrats qui les gouvernent n'en donnent eux-mêmes l'exemple. Lorsque le sénateur *Curius* montrait à des ambassadeurs les hum-

bles ustensiles employés à sa table con-
sulaire, quel Romain eût osé étaler dans
ses repas des vases d'or et d'argent? Quel
Tribun, dans ses harangues mercenaires,
se fût essayé à vendre le république, lorsque les Fabrices parlaient avec tant de
désintéressement aux députés de Pyrrhus?

On doit donc conclure de ces observations, que ce sont les gouvernemens
qui dirigent les mœurs publiques : et
comme les actions de ceux qui comman-
dent sont des leçons pour ceux qui obéis-
sent, les peuples deviennent bons,
stupides, ambitieux, méchans, suivant
que l'autorité laisse prédominer les vertus
ou les vices, retire ou répand les lumières. Ainsi donc, livrée à ses passions et
à son intérêt, la multitude suit, dans
son incertaine moralité, le mouvement
que lui impriment ses chefs; et il n'ap-

partient qu'à un petit nombre d'ames,
grandes et religieuses, de s'envelopper dans
leurs propres sentimens, de lutter avec le
naufrage général, de vaincre les persé-
cutions, de s'affermir dans la vertu par
l'amour de la vertu même, de rester de-
bout lorsque tout succombe, et de pré-
férer à l'éclat des places et des richesses
une pauvreté noble et le suffrage de leur
conscience. Vous ne verrez donc les peuples modérés, que lorsque leurs gouver-
nans le seront; et pour transporter tout-
à-coup une nation de l'état de sagesse qui
faisait son bonheur, à un état d'ivresse
et de turbulence qui causera sa ruine,
il suffit d'un prince ou d'un sénat ambitieux.

En effet, l'amour effréné des conquêtes
ne pouvant exister avec l'amour de la
justice, les mœurs doivent, à chaque pas

que fait un conquérant, éprouver des modifications funestes ; que dis-je ? se dénaturer entièrement, si de longs succès couronnent ses audacieuses entreprises. Chaque citoyen cherchera à s'agrandir avec l'état, et à étendre, ainsi que lui, les limites de son territoire. Les usurpations du prince seront imitées de ses sujets ; s'il viole les traités, ils violeront leur parole ; s'il est fourbe, ils falsifieront les contrats ; s'il est cruel, ils le deviendront. Toutes les ambitions privées s'allumeront ; elles ajouteront à ses excès. En dépouillant l'Asie, en s'emparant de l'autorité, Sylla communique à ses soldats l'amour des rangs et des rapines. Bientôt le plus simple manipulaire se croira une puissance, et dans le cours de ses déprédations sanguinaires il vendra jusques au repos de la servitude. L'air qu'on respire au milieu des grandes conquêtes est si contagieux, qu'il corrompit l'ame sublime d'Alexandre lui-même. Aussi vit-on, de ses mains, Clytus égorgé ; Persépolis livrée aux flammes, et par ses ordres, Bœtis attaché à un char ; les Tyriens ensevelis sous les ruines de leur ville ; des philosophes mutilés ; et on vit enfin le titre de fils de Jupiter ravi jusques aux pieds des autels par une impiété armée et conquérante.

Ainsi, sous des règnes ambitieux, il s'établira, entre les camps et les cités, une effrayante rivalité d'avarice et d'envahissement ; tous les désirs deviendront immodérés ; de rapides élévations, des fortunes monstrueuses éveilleront la soif des places, de l'argent, et la morale se taira devant des passions qui font les riches et les puissans. Pour leur obéir,

tous les moyens seront égaux ; la cor-
ruption ressemblera à une ivresse, et les
crimes seront absous par la fortune ou
par la victoire.

S'il est donc vrai que l'ambition et
l'avarice passent des gouvernemens aux
sujets qui leur sont soumis ; si la corrup-
tion des principes, parmi les peuples,
est une suite inévitable de l'esprit d'inva-
sion et d'agrandissement, dans quelle
situation doivent se trouver nos mœurs
publiques, après vingt-cinq ans de révolutions et de guerres interminables !
Certainement celui qui ne s'arrêterait qu'à
l'éclat de notre gloire militaire, aurait,
à juste titre, le droit de céder à une
admiration presqu'exclusive. Jamais cette
gloire ne s'est montrée ni chez les Grecs,
ni chez les Romains, avec tant de cons-
tance et de splendeur ; jamais de plus

habiles capitaines , de plus intrépides soldats , n'avaient paru sur la scène du monde ; et l'époque de nos annales , la plus désastreuse pour les événemens politiques , sera incontestablement la plus brillante et la plus mémorable dans les fastes militaires des nations. Mais , si l'on veut tourner un regard observateur sur les ravages qu'ont portés à notre constitution morale ces âges d'une valeur entreprenante et dévastatrice , on est effrayé de l'abyme profond où nos principes doivent être tombés. Une particularité même qui manque à l'histoire de toutes les conjurations , c'est qu'appréhendant sans doute le scrupule ou les remords que pourrait susciter en nous l'empire des sentimens religieux , nos assemblées législatives se sont empressées , pendant nos troubles , de nous débarrasser de ces

entraves, en laissant prêcher dans toute
la France l'impiété la plus déhontée. La
postérité pourra-t-elle concevoir que,
dans le dix-huitième siècle, les législateurs
d'une grande nation ayent paru rougir
de s'avouer Chrétiens, en affichant au
frontispice de leur code constitutionnel,
l'enseigne banale du déisme? Ce qu'il y
a sans doute de plus affligeant, c'est que
les effets de cette fatale doctrine existent,
sont répandus parmi nous. Encore quelques années, et ma patrie n'eût présenté
dans son enceinte que la barbarie de
l'état sauvage, avec les vices monstrueux
d'une civilisation dépravée.

Mais, puisque nous avons le bonheur
de vivre sous un gouvernement paternel
et réparateur, nous verrons insensiblement s'effacer les traces d'une si désolante
perversité. Sous le sceptre de nos anti-

ques maîtres, les principes auront, dans
la morale, le même éclat que les idées
libérales ont dans la politique ; le fracas
des conquêtes traînant après soi une ambition inflexible et une avarice insatiable,
mêlées à des profusions désordonnées,
sera remplacé par le calme de la modération. La vertu brillant sur l'horizon d'une
cour vénérée, deviendra l'astre régulateur
des Français, et de grands exemples
imprimeront aux mœurs publiques une
salutaire direction. Mais, comme les
principes se détériorent avec plus de rapidité qu'ils ne se réparent, c'est aux
écrivains bien intentionnés à seconder
l'action du gouvernement, et d'accélerer,
en répandant des lumières, le cours d'un
changement si favorable. Pour atteindre
ce but, l'objet de leurs écrits doit être,
avant tout, le triomphe des principes

religieux , sans lesquels les vertus sont
incertaines , suspectes ou mensongères.
Les lois ordonnent le bien , la Religion
le persuade ; la Religion prévient les crimes que les lois humaines ne savent que
punir. Sans elle , la société ressemble à
une arène de gladiateurs qui ne combat-
tent que pour leur intérêt propre. Sous
son auguste égide , les sujets se courbent
respectueusement devant l'autorité et
s'immolent à l'intérêt général ; en un
mot , l'édifice des mœurs publiques ne
peut s'élever sur d'autre base, sans être
exposé à une ruine certaine.

Ainsi donc , jaloux de contribuer à
l'heureux mouvement qui doit régénérer
les mœurs nationales , j'ai pensé qu'il
était de mon devoir de composer un
Poëme sur la Religion chrétienne , et de
rappeler aux hommes des vérites éter-
neiles

nelles, dont les malheurs des temps ne les ont que trop éloignés.

Avant de donner l'analyse du plan que j'ai adopté, on me permettra d'entrer dans quelques détails sur des poëmes qui ont traité le même sujet, et qui sont connus avantageusement dans la littérature. D'ailleurs, cet examen rapide me fournira l'occasion d'expliquer les motifs qui m'ont engagé à présenter, sous un aspect différent, mes idées sur la Religion.

Racine le fils est le premier qui ait fourni parmi nous cette honorable carrière. Ce poëte a tracé un plan lumineux; il l'a fidellement rempli; il a mis de l'ordre, de l'analyse dans ses idées; toutes les parties de son ouvrage sont parfaitement coordonnées entr'elles; tout y marche, tout y tend au but proposé; et

religieux , sans lesquels les vertus sont
incertaines , suspectes ou mensongères.
Les lois ordonnent le bien , la Religion
le persuade ; la Religion prévient les crimes que les lois humaines ne savent que
punir. Sans elle , la société ressemble à
une arène de gladiateurs qui ne combat-
tent que pour leur intérêt propre. Sous
son auguste égide , les sujets se courbent
respectueusement devant l'autorité et
s'immolent à l'intérêt général ; en un
mot , l'édifice des mœurs publiques ne
peut s'élever sur d'autre base , sans être
exposé à une ruine certaine.

Ainsi donc , jaloux de contribuer à
l'heureux mouvement qui doit régénérer
les mœurs nationales , j'ai pensé qu'il
était de mon devoir de composer un
Poëme sur la Religion chrétienne , et de
rappeler aux hommes des vérites éternelles

nelles, dont les malheurs des temps ne les ont que trop éloignés.

Avant de donner l'analyse du plan que j'ai adopté, on me permettra d'entrer dans quelques détails sur des poëmes qui ont traité le même sujet, et qui sont connus avantageusement dans la littérature. D'ailleurs, cet examen rapide me fournira l'occasion d'expliquer les motifs qui m'ont engagé à présenter, sous un aspect différent, mes idées sur la Religion.

Racine le fils est le premier qui ait fourni parmi nous cette honorable carrière. Ce poëte a tracé un plan lumineux; il l'a fidellement rempli; il a mis de l'ordre, de l'analyse dans ses idées; toutes les parties de son ouvrage sont parfaitement coordonnées entr'elles; tout y marche, tout y tend au but proposé; et

2

dans cette route tracée par un jugement
exact et sévère, le lecteur n'est jamais
détourné par aucun ornement profane,
par des digressions étrangères au sujet;
tout y est pur, noble, orthodoxe, et
digne, en quelque sorte, de la Religion
elle-même. Mais cette régularité nuit à
l'intérêt de ce poëme. Il ressemble à un
grand tableau, borné à une seule image,
autour de laquelle la gravité du peintre
n'a pas osé introduire le moindre sujet
de distraction. Ce poëme est donc constamment didactique et privé d'épisodes;
car, quelques heureux détails ne peuvent
point être confondus avec des actions
secondaires, glissées sur la scène pour
jouer autour de l'action principale, en
ayant pourtant les couleurs convenables
au sujet traité. Aussi cette absence de
tout ornement répand sur cet ouvrage

une teinte d'uniformité et de monotonie qui permet difficilement de le lire d'un trait. Si la raison y est satisfaite, si l'esprit y reçoit des lumières véritables, le cœur n'y éprouve pas de fortes commotions. Le lecteur peut y raisonner sa conversion ; il n'y sera jamais entraîné par cette éloquence de sentiment qui maîtrise et persuade. L'historique ou le didactique, si je puis parler ainsi, de la Religion, y est rendu avec clarté, et dans toute la précision théologique : mais vous y chercheriez en vain les traits profonds et sublimes qui développent le génie, les grandes idées de cette même Religion, à l'imagination étonnée des merveilles qui entourent ce majestueux édifice. Voyons actuellement le mérite de cet ouvrage, sous les rapports littéraires.

La première chose dont on est frappé

en le lisant, c'est de la noble simplicité
de style qu'on y remarque, et qui rappelle la pureté du goût sous le règne de
Louis le Grand. L'élégance s'y joint souvent à une extrême correction. On n'y
aperçoit ni obscurité fatigante, ni clin-
quant dans les expressions, ni le néolo-
gisme impur, ni les mouvemens bien
concertés d'une harmonie imitative, froi-
dement calculée et amenée de loin, dont
on prévoit l'intention, même avant d'en
éprouver les effets. On peut alors la
comparer à une machine dont le rouage
merveilleux ne nous laisse aucune illusion, en ne dérobant pas à nos regards
la main qui en fait mouvoir les ressorts.
Dans le poëme de Racine, vous ne ren-
contrerez jamais ni ce verbiage poëtique
guindé sur des échasses, si abondant
dans les vers de Thomas, ni le froid

étalage de ces métaphores ampoulées et incohérentes, que, dans son Poëme des Mois, le hardi Roucher a renouvelé de l'École de Ronsard, ni ce coloris phosphorique, cette enluminure mesquine, répandus avec tant de mignardise par le frivole Dorat, sur des vers, qui ne manquent d'ailleurs ni de grâce, ni de facilité ; ni la sublimité uniforme et fastueuse du Poëme de la Navigation. Mais vous y trouverez souvent un trait ferme et sûr ; des tournures de style conformes au génie de notre langue et aux principes d'une saine littérature ; des périodes heureusement versifiées, et quelquefois enfin des morceaux d'un talent supérieur, de longues tirades, d'inspiration et de verve ; des tableaux qui rappellent les beautés antiques : mais ces beautés y sont semées de loin en loin.

A ces exceptions près , la poësie de cet
ouvrage n'est presque jamais animée, ou
par des pensées spirituelles , ou par de
brillantes images , ou par un certain
coloris qui plaît à l'imagination , ou par
cette douce chaleur qui donne aux tableaux qu'elle vivifie ce charme qui nous
ravit et nous attache. On peut même
établir hardiment une différence sensible
de versification entre ces deux premiers
chants et les quatre derniers ; dans ceux-
ci elle s'affaiblit et dégénère d'une manière
assez frappante ; et ce défaut ne peut être
compensé par quelques traits heureux et
éminemment poëtiques qui y étincellent
de temps à autre. On peut donc conclure
de cette analyse, que si l'ouvrage de
Racine le fils annonce dans son auteur
du goût, de l'érudition , un vrai talent
pour la poësie , il ne lui méritera jamais

le titre d'homme de génie et d'imagination.

Je désirerais pouvoir admirer, dans les
dix chants composés en faveur de la Religion par M. le Cardinal de Bernis, ces
pensées larges, cette hardiesse de plan et
de construction, cette vivacité d'images,
ces heureux mouvemens de sensibilité
profonde dont est privé l'ouvrage de
Racine le fils. Il s'en faut même de beaucoup qu'on puisse citer, avec le même
avantage, un poëme qui ressemble à un
recueil de thèses versifiées, en quelque
sorte, avec les formes austères du dilemme
et du syllogisme; et un grand nombre de
vers bien tournés, des tableaux élégamment coloriés, des tirades même d'une
beauté rare, n'y distrairaient jamais le lecteur du long ennui dont ses esprits seront
accablés par l'étalage fastidieux d'une

Métaphysique obscure et constamment mise en scène. En parcourant ce poëme, il est aisé de se convaincre que les talens ont des bornes, qu'ils ne peuvent franchir, sans s'exposer à des chutes humiliantes ; et que si M. le Cardinal de Bernis avait reçu de la nature le pinceau des Boucher et des Corrège, elle lui avait impérieusement refusé les touches fermes et vigoureuses qui caratérisent les Lebrun et les Michel-Ange. On ne peut sans doute nier ses succès dans le genre tendre et gracieux ; mais il ne connut jamais le secret de la poësie héroïque. Il n'eut jamais cet *os magna sonaturum* qui distingue les chantres vraiment inspirés et créateurs. On peut en dire autant du charmant Poëte d'Amiens, qui semble n'avoir composé sa tragédie d'Edouard que pour constater aux yeux de la postérité les limites où son rare talent expirait.

Après avoir fait connaître mon opinion sur les ouvrages de Racine et du Cardinal de Bernis , je ne puis passer sous silence un Poëme contre l'Incrédulité , que M. Alexandre Soumet a publié depuis peu de temps. Cette production a été très-bien accueillie. Elle circula avec rapidité, et elle acquit à son auteur une réputation solide et méritée. Mais , quoique la poësie en soit généralement belle , cet ouvrage se bornant à prouver l'existence de Dieu, l'immortalité de l'ame , et à nous ramener à la Religion par un court tableau de nos désastres révolutionnaires , n'a pas , à mon avis , assez de consistance dans le système des preuves , pour lutter contre une im-piété robuste. Je ne sais pas même (et je hasarde cette opinion avec le ménagement que l'on doit à un écrivain distingué) si la couleur du style , employé par l'auteur , est assez grave , assez dé-pouillée d'ornemens ambitieux , et d'une certaine parure trop mondaine pour un sujet consacré à la Religion. On peut écrire parfaitement dans la poësie profane , et prendre avec quelque difficulté le ton de dignité particulière qu'inspire la lec-ture des Écritures-Saintes , et que Racine le père et Rousseau le Lyrique ont possédé à un degré très-éminent. M. Soumet écrit sans doute avec beaucoup de noblesse et d'élégance ; il anime ses tableaux d'un coloris séducteur : mais cela ne suffit pas dans un Poëme contre l'Incrédulité.

Il existe pour les sujets de ce genre un certain sublime de sentiment qui unit sa noble simplicité à la majesté des pen-sées et des tableaux. Ce sublime exclut toute recherche , toute parure apprêtée ,

toute teinte *ossianique*, et trop d'attachement à une nouvelle facture de vers introduite par une école célèbre. Je me garderai
bien de la nommer, par respect pour son
fondateur, dont l'ombre, illustrée par le
plus noble dévouement, entourée de
vertus, d'ouvrages immortels, de l'estime
des Rois, de la vénération publique, des
larmes de la reconnaissance et de l'amitié,
repose au milieu des lauriers et dans le
sein de la gloire. Du reste, ces inconve-
nances du style ne sont véritablement
aperçues que par les hommes d'un goût
sévère, qui ne se laissent pas éblouir ni
par la célébrité des auteurs, ni par les
systèmes nouveaux qu'ils introduisent
dans l'art d'écrire. Ces Aristarques, invariablement attachés aux vrais principes,
vont toujours chercher leurs modèles dans
le siècle de Louis le Grand, parmi les

illustres fondateurs de notre gloire littéraire. Les disciples de ces anciennes écoles
remarquent sans peine que depuis long-
temps chaque genre de littérature n'a
plus comme autrefois, une physionomie
particulière de style, qui ne permettait
pas de le confondre avec un autre. Chaque sujet avait alors ses couleurs distinc-
tives, et on ne voyait pas, comme de
nos jours, une ridicule familiarité d'expressions à côté d'une tirade qui vise au
sublime. La prose, moins ambitieuse,
abandonnait aux vers un faste poëtique
qui n'est pas de son domaine ; et à cette
époque éclairée, on ne composait pas de
tragédies avec un style entièrement étranger à l'école de Melpomène. Mais, je me
hâte de rentrer dans mon sujet.

On jugera peut-être bien étonnant,
qu'après trois poëmes d'un mérite bien

reconnu, et dont la Religion est l'objet, j'aye conçu la témérité d'en hasarder un nouveau. Je dois donc, pour désarmer le lecteur, l'instruire des raisons qui m'ont déterminé à en agir ainsi.

J'ai pensé que l'ouvrage de Racine le fils, dépourvu d'épisodes, de pathétique, ne formant d'un bout à autre qu'une chaîne continuelle de preuves entassées les unes sur les autres, n'offre pas assez d'attrait aux jeunes gens, dont l'attention se borne seulement à parcourir les morceaux d'un mérite supérieur. D'un autre côté, le Cardinal de Bernis, tantôt occupé à combattre les athées, tantôt harcelant les déistes par d'excellentes raisons, sans doute, mais qui ne remuent ni le cœur, ni l'imagination, ne m'a point paru propre à remplir le but qu'il s'était proposé, en n'offrant aucun appas à une jeunesse fatiguée et rebutée par la moindre contention d'esprit. J'ai considéré enfin le Poëme de M. Soumet, comme celui qui renferme le plus d'agrémens ; assez concluant , si l'on veut , contre les athées et les matérialistes ; mais dans lequel la Religion chrétienne est faiblement démontrée. D'après ces observations , j'ai imaginé que je pourrais rendre plus de services à la morale , en rappelant les mêmes vérités sous une forme plus rapprochée du goût et de l'intelligence des jeunes élèves ; en entourant ces mêmes élèves de ces sensations qu'ils ne peuvent se dissimuler , de ces preuves dont ils peuvent être les témoins et les victimes ; en ouvrant à leur yeux la scène des calamités auxquelles nous sommes exposés dans le monde physique et dans le monde moral ; en raisonnant avec eux,

plutôt par des images que par des syllo-
gismes ; en les conduisant enfin à reconnaître la nécessité de la Révélation par
des tableaux sensibles et irrécusables. Et
si ce plan est plus propre à les persuader, à opérer quelque bien, mon ambition
satisfaite abandonne sans regret à des
heureux rivaux une palme qu'ils ont con-
quise, et que je n'aurai jamais la folle
prétention de leur disputer.

Ainsi, quoique, en parcourant mon
ouvrage, le lecteur puisse s'instruire à la
fois et de l'exposition et de l'exécution du
plan que je me suis proposé, néanmoins
je ne crois pas inutile de présenter dans
ce Discours préliminaire la distribution
que j'ai adoptée dans les matériaux que
j'emploie, et dont je me suis servi conve-
nablement à l'ordre que j'ai établi dans mes
quatre Chants. Ils ont pour titre : *Nature,*

Société , Philosophie , Révélation.

Dans le premier Chant , j'offre la nature physique , non d'après l'optique du
complaisant M. de Voltaire , qui se trouve
fort bien dans ce monde , lors même que
la lecture d'une feuille de Fréron lui
donne la fièvre , ou une crispation ner-
veuse , mais d'après le tableau véritable
qu'en a tracé le grand génie de Pascal.
En vain , dans ses mi-doctes et délirans
ébats , le philosophe de Ferney ose traiter de Mysanthrope le peintre éloquent
et sublime des malheurs attachés à la
condition humaine ; Pascal aura pour lui
les suffrages de tous les siècles ; et des
sarcasmes , spécieusement contournés et
artistement émaillés de paillettes académi-
ques , n'affaibliront pas la force des vérités
démontrées par une raison mâle et solide.

Sans doute l'Écriture-Sainte nous apprend

prend qu'en sortant des mains du Créateur, la nature ne se produisait que sous des couleurs riantes et douces, et éloignait ainsi des traces du premier homme tout objet de mélancolie et de terreur; mais elle nous apprend aussi que par la désobéissance d'Adam, elle devint tout-à-coup stérile, orageuse et menaçante. A la vérité, dans ce Chant il ne doit être nullement question des causes de ce changement qu'éprouva la nature, puisque je ne l'ai destiné qu'à renfermer la peinture des maux dont nous sommes accablés par elle. Mon but, par cette exposition, est de produire sur les esprits l'effet que j'ai lieu d'attendre de tout homme sensé, et de disposer graduellement l'incrédule à recevoir le grand jour de la Révélation. Je termine ce tableau par un épisode qui naît pour ainsi dire

3

de mon sujet. J'y rappelle le célèbre Pline, mourant enveloppé des cendres vomies par le mont Vésuve.

Le second Chant développe une scène d'un autre genre, non moins véritable, et peut-être plus terrible que la précédente. Il est dans l'ordre qu'un homme d'un esprit juste, peu occupé, si l'on veut, des vérités révélées, par insouciance ou par irréligion, s'étonne, lorsqu'il veut réfléchir un moment, des contradictions qu'il éprouve en contemplant la nature. Ne produit-elle pas également pour lui des semences de vie et de mort ; et en versant sans interruption et le bien et le mal, ne semble-t-elle pas, aux yeux d'un observateur paresseux ou superficiel, justifier, en quelque sorte, le ridicule système des Manichéens ? N'est-il pas dans l'ordre que, privé de toute lumière surnaturelle, il sente sa raison s'effaroucher d'un contraste si frappant, et que, dans l'intérêt des jouissances humaines, il se replie sur le tableau du monde moral, pour y chercher un appui ou des consolations contre les maux qui lui viennent de l'Univers physique ?

Je laisse désormais à penser au lecteur quel effrayant mécompte cet homme, peu satisfait de la nature, éprouvera nécessairement dans l'examen de la société. Que nous présente, en effet, l'histoire approfondie des peuples ? si ce n'est une réaction continuelle de l'homme sur l'homme même ; si ce n'est des factions, des attentats, des calomnies audacieuses, des ambitions outrées, des trames sourdes ou éclatantes, des voluptés féroces, des spoliations sacriléges, des meurtres privés ou juridiques ; et à peine quelques

règnes heureux , quelques vertus consolantes , quelques âges moins criminels ,
semés sur la route des temps , adoucissent
çà et là la sombre horreur de cette
scène désastreuse. On sent combien il me
serait aisé de prolonger l'affligeante histoire des maux qui désolent la société,
en traçant d'une main vigoureuse les
catastrophes sanglantes de nos orages
politiques ; mais je ne ferais qu'une dé-
clamation inutile, et le malheureux que
j'ai peint, errant sans guide et sans bous-
sole, est déjà bien convaincu par sa propre
expérience , ou par ses réflexions , des
maux inséparables de l'homme, soit dans
l'état civilisé , soit dans l'état sauvage.
Le vertueux Socrate condamné à boire la
ciguë par un tribunal injuste , forme
l'épisode du second Chant.

    Le troisième est consacré à peindre

l'étrange embarras où doit être un homme qui, ne pouvant obtenir par lui-même
la solution de l'énigme impénétrable que
lui offrent la nature et la société, ne sait
que penser de ce qu'il voit, de ce qu'il
éprouve. Dans les perpléxités d'un doute
désespérant, il doit recourir aux lumières
d'autrui ; il se rappelle qu'on lui a repré-
senté les philosophes comme des savans
éminemment éclairés, qui ont répandu
des notions lumineuses sur l'origine des
êtres, de la société, et des religions diverses introduites dans son sein. Il va
respectueusement consulter ces oracles,
et solliciter dans leurs décisions un
repos qu'il ne peut trouver dans celles
de son esprit. Sans doute, le premier
objet de ses études sera d'interroger les
savans de l'antiquité, et si leurs réponses
ne peuvent le satisfaire, il s'adressera

aux philosophes modernes, se flattant
déjà, dans ses idées chimériques, de ren-
contrer quelque chose de rassurant ou
de certain, dans ce long enfantement
du génie et de la raison humaine.

Mais, quelle sera sa surprise en n'a-
percevant dans les Cosmogonies romanesques des sept Sages de la Grèce, ou
des autres philosophes de ce pays, que des
créations informes, ridicules, qui ne va-
lent pas mieux que les systèmes absurdes,
extravagans, émis sur le même sujet par
tous les rêves creux de la philosophie
indienne? Que pensera-t-il d'un *Thalès*,
qui, quoique orateur et mathématicien,
lui expliquera, avec les seuls effets de
l'eau, l'origine du grand tout? Croyez-vous
qu'il se laissera persuader par deux pré-
tendus sages, qui, après avoir ri ou
pleuré, attribueront le principe des élé-

mens, l'un au feu, l'autre au concours
fortuit des atomes, et se réuniront enfin
pour parler de notre ame avec beaucoup
d'irrévérence, après avoir tenu à cet
égard des discours incompréhensibles ?
Certainement il attendra quelque résultat
plus avantageux du physicien *Anaxagore*,
qui communique à Périclés son génie,
sa profondeur, son éloquence et sa politique. Sans doute, il le trouvera admirable sous ce rapport ; mais quand le
même *Anaxagore* entonnera sa kyrielle
cosmogonique, qu'il l'assurera que les
cieux sont formés d'une voûte de pierre,
dont la rotation rapide a, dans ses brus-
ques mouvemens, enlevé de la terre
d'énormes cailloux, qui depuis se sont
attachés, figés sur cette même voûte,
en s'y métamorphosant en étoiles, quand
il lui dira gravement que le soleil est

composé d'une masse de fer ronde , dont
la grandeur est comparable à la moitié du
Péloponèse ; quand enfin , après cet absurde verbiage , il gardera le silence sur
la nature de l'homme, en lui laissant
ignorer d'où il vient , ce qu'il a à craindre , ou à espérer ; quel profit voulez-
vous que retire de cette singulière école
le malheureux que j'ai peint , allant à la
recherche de la vérité ? Peut-être sera-t-il
un moment ébloui ou séduit par les
fleurettes philosophiques d'Épicure ? Mais
comment , au milieu des maux qui nous
pressent , nous accablent , réaliser, dans
la pratique , la chimère d'une volupté
idéale ? et comment croire à des dieux
condamnés à l'égoïsme et au repos ? Ce
nouvel adepte de la philosophie ne sera-t-il
pas indigné, quand il entendra le scepti-
que Pyrrhon douter du mouvement, et

dans ses abstractions funestes , ne juger
du bien ou du mal qu'à travers l'optique
des lois établies ? Croiriez-vous aussi qu'il
s'en laissera imposer par tout ce faste de
moralité sublime, dont le stoïcien Zénon
s'efforce d'entourer les vertus humaines ?
Sans doute il écoutera avec plus de respect ce généreux Socrate, qui, le premier
dans la Grèce , apprit à ses concitoyens
une philosophie pratique , les éclaira sur
leurs devoirs dans l'ordre social, leur fit
connaître un Dieu créateur de toutes
choses , et leur prêcha publiquement
l'immortalité de l'ame. Il croira même
s'approcher de plus près de la vérité , en
prêtant une oreille attentive aux discours
du divin Platon, qui égale son maître dans
ses principes de morale , et le surpasse
dans les lumières qu'il répand sur la nature de l'homme. Il semble soupçonner

la cause de ses malheurs, en les attri-
buant à quelque grande faute commise
par lui contre la Divinité. Mais s'agit-il
de prononcer définitivement? il balbutie
et nous laisse dans l'incertitude dont il
ne peut sortir lui-même. Du reste, les
divisions et subdivisions qu'il fait de notre
ame, et son organisation physique de
l'Univers, sentent toujours l'homme abandonné à sa propre raison ; et s'il jette un
vif éclat sur la puissance de Dieu, auquel
il fait honneur de la création du monde,
on doit moins s'en étonner, lorsqu'on
pense que ce sage avait voyagé en Egypte,
qu'il avait eu des rapports avec les prêtres
de la Pyramide, et que les Écritures-
Saintes ne lui étaient pas certainement
inconnues.

Cependant, quelle sera la situation de
l'homme, qui, conduit par le doute à la

recherche de la vérité, ne peut recueillir
rien de clair, rien de rassurant, rien de
positif dans ses conversations avec les
philosophes de l'antiquité ? La plupart
semblent bien avoir reconnu un Être-Suprême, ainsi que le dogme de l'immortalité de l'ame. Mais ces lumières sont
dans leurs écrits mêlées à tant de ténèbres, à tant d'absurdités, qu'on ne peut,
de leurs systèmes réunis, extraire avec
quelque netteté une opinion solidement
établie. D'ailleurs, nul ne rompt le nœud
gordien ; nul n'explique la grande difficulté, dont la solution peut seule lever
le voile obscur qui couvre la nature ; et
quand bien même enfin, ils y fussent parvenus, quelle mission ont-ils pour nous
instruire, pour commander la confiance ?
Ont-ils le droit de se proclamer les législateurs du monde ? Et peut-on considérer

leurs découvertes comme des oracles in-
faillibles ?

Il résulte de ces observations, que peu
satisfait des renseignemens de l'antiquité,
le malheureux que j'ai peint, cherchant à
s'instruire, ira demander aux philosophes
modernes des éclarcissemens nécessaires à
son bonheur et à son repos. Mais c'est
ici où se manifeste, dans toute son
évidence, combien le délire le plus
exagéré peut entrer aisément dans les têtes
que nous croyons les plus pensantes. Pour
calmer l'indignation et pour contenter la
curiosité de l'humble disciple, qui jusqu'ici n'a trouvé que de fausses lumières,
oseriez-vous lui proposer les déclamations
oratoires de l'abbé Raynal ? Aux regards
austères de l'analyse et de la réflexion,
il ne reste de cet homme que sa turbulence démagogique, sa mauvaise foi,

et le faux éclat de ses périodes. Condui-
riez-vous le même disciple aux pieds du
mystérieux et circonspect Dalembert, qui,
robuste en mathématiques, malingre en
littérature, rusé en philosophie, s'explique vaguement en public, ne répand que
des couleurs indécises, et n'épanche que
confidentiellement ses oracles? Irons-nous
réclamer de Diderot des notions sûres et
des règles de conduite? Mais, qu'appren-
drons-nous auprès de cet énergumène? Il
veut créer; il ne pense pas; il définit
sans s'entendre; il délire dans les conséquences; il plonge dans le chaos le
monde intellectuel; il s'exalte, il se pas-
sionne, il médit, il injurie, il perd la tête;
il finirait par étrangler. Nous empresse-
rons-nous de sortir de l'oubli l'inintelli-
gible Helvetius? Mais, quel fruit retire-
rons-nous de cette stérile exhumation? Des

erreurs, des systèmes, des nuages remplis
de vent et d'obscurité. Le malheureux !
il n'écrivit que par orgueil : on ne parle
plus de lui; il n'aura pas même la célébrité des Erostrates. De qui vais-je pourtant m'occuper, lorsque deux philosophes
par excellence se sont partagés l'empire
des opinions, et se déclarent hautement
les législateurs de l'Univers ! Peut-être,
l'être infortuné luttant contre les ténèbres
de sa raison, rencontrera-t-il auprès des
deux Coryphées dont j'annonce les hautes
prétentions, cette vérité consolante qu'il
ne trouve nulle part.

Jean-Jacques est le premier qu'il aborde.
Ce novateur lui déclare que, tandis que
ses confrères détruisent, lui seul édifie;
et pour concilier ses discours avec ses
actions, il proscrit sans ménagement la
société elle-même, et dessine à ses yeux

un animal stupide qu'il se plaît de nommer l'homme primitif. Pour légitimer cette burlesque création, il se déchaîne indécemment contre les religions, contre nos lois, contre toutes les institutions humaines; il décrie la sculpture, la géométrie, la politesse, l'art d'écrire, et sur le tombeau de tout ce qui s'est dit ou fait avant lui, il affiche, en phrases bien arrondies, le mérite de l'ignorance. Pour justifier la Providence, il nous assure que l'homme est né vertueux; il prêche, il publie l'existence de Dieu; et pour nous prouver l'inutilité de son influence, il donne pour époux à Julie un athée rempli de vertus. Ensuite il compose un Traité sur l'Éducation, qui ressemble à un labyrinthe inextricable, et il y recommande par-dessus tout de soigner la santé des jeunes élèves. Il fait ensuite, avec les idées les plus géné-

reuses et les plus pacifiques, un Contrat
Social qui donne l'éveil à toutes les factions. Enfin, suivez cet homme étrange,
ce protée inconcevable : il est protestant,
il est catholique, il est philosophe, il
est dénonciateur ; et dans les divers accès
de son délire, il croit tout, il ne croit
rien ; il adore, il abjure l'Évangile ; il
veut rétablir les mœurs, il fait des romans, il fronde le théâtre, il compose
des opéra ; il veut instruire les hommes,
il les déteste ; enfin, lassé de tout et de
lui-même, il meurt à Ermenonville,
d'une attaque d'hypocondrie.

O Jean-Jacques ! ô le plus éloquent
de nos orateurs profanes, dont le style
enchanteur s'unit à la logique la plus
pressante, la plus animée ! je sais que
ton ame a connu le désintéressement,
quelques principes de vertu : mais, que

tu es

tu es à plaindre, d'avoir eu Diderot pour ami, et un père qui aimât les romans! De ton propre aveu, la lecture des romans fut la seule littérature de ton adolescence. C'est dans tes confessions et de ta bouche, que j'ai appris que de pareils livres avaient égaré ton jugement, t'avaient présenté les objets sous des couleurs qui ne sont pas dans la nature; avaient accoutumé ton imagination à des idées fausses ou invraisemblables. Ces impressions, agissant en quelque sorte sur l'éveil de ta raison et de ta pensée, furent si vives, qu'elles ont dans la suite dirigé constamment ta manière de voir, et qu'elles ont donné à l'exercice de tes facultés intellectuelles une impulsion étrangère à celle que reçoivent la plupart des hommes! Ne conviens-tu pas toi-même que tu n'as plus considéré

la société qu'à travers l'optique falla-
cieuse des romans , et que tu n'as jamais pu repousser l'ascendant funeste
qu'ils avaient pris sur tes opinions ? Ainsi ,
tu as trompé les vues de la Providence ,
qui te destinait à faire aimer la vérité ,
la Religion , et à devenir le premier pu-
bliciste de ton siècle , comme tu en as
été le premier orateur. Malgré ce dernier
avantage tu ne dois être réputé que comme un misérable Sophiste ; car , en ce
genre de talent , je ne connais point de
succès digne d'une autre qualification.
Mais , à la honte des disciples passionnés
de tes paradoxes , ne dois-je pas déduire
de tes propres déclarations , que tu n'as
composé que des romans en morale comme en politique ? Je dois faire encore
plus : pour ne laisser aucun retranche-
ment à la mauvaise foi de tes prosélites ,

je dois, par un raisonnement plus sévère et dégagé de toute illusion, prouver d'une manière évidente que la première erreur, dans laquelle tu es volontairement tombé, a été la source nécessaire de toutes les autres qui ont signalé ta vie sophistique et littéraire. Déterminé à concourir au sujet proposé par l'Académie de Dijon, tu l'avais d'abord envisagé sous les formes de la vérité : mais, à la voix de l'énergumène Diderot, tu recherches le surprenant, l'extraordinaire ; et une diatribe contre les lettres et les sciences remplace, dans tes tablettes, la juste apologie que tu en avais fait. Malheureusement pour toi, la palme et la célébrité furent le prix de ton audace ; dès-lors, tes idées durent rester circonscrites dans le cercle où tu t'étais placé toi-même, et où la gloire semblait t'enchaîner : tu devais même l'agrandir, en cherchant à étendre ta réputation ; et pour quiconque sait calculer les conséquences, d'après les principes énoncés, tes opinions, dans les lettres, devaient changer les opinions reçues en politique, et l'apôtre de l'ignorance devait être le créateur de l'homme primitif.

Mais enfin, n'est-il pas temps d'arriver aux pieds du tribunal du Phénomène philosophique, devant lequel toutes les renommées se prosternent humblement? Comme pourtant cette hyperbole ou ironie serait, à la longue, difficile à soutenir dans un discours écrit sérieusement : déposons les couleurs malignes ou exagérées, et jugeons l'homme dans l'homme même.

Voltaire est sans doute un poëte du premier ordre : mais s'agit-il de discus-

sion , de raisonnement ; faut-il creuser
en avant dans quelque proposition ardue ;
s'agit-il de former un plan en philosophie, une guerre méthodique en impiété ,
qu'offre-t-il ? que veut-il ? où va-t-il ? Ne
ressemble-t-il pas à un coursier indompté
qui se joue, bondit, caracole avec grâce,
sans jamais fournir une carrière longue et
régulière : et, de bonne foi , comment
l'auteur sur l'Inégalité des Conditions humaines a-t-il pu reconnaître et avouer
pour le chef de tout ce qui se mêle de
penser et d'écrire , un philosophe superficiel qui croit raisonner, en s'entourant
de sarcasmes , de bons mots, d'injures ,
de diatribes , de caricatures ? Entendez-le
à Ferney ; il est le plus grand homme
de son siècle ; il éclipse ce qui est , ce
qui a été , ce qui sera. Lui seul a dé-
ployé dans les lettres un esprit univer-

sel; et peu s'en faut qu'en commentant
le chevalier Newton, il ne prétende viser
à la suprématie dans les sciences. Tous
les genres de style et de savoir lui sont
familiers ; lui seul donne l'impulsion aux
esprits. Ses lumières, ses conseils, ses
avis, se répandent, circulent, font loi.
Il influence le cabinet des Rois, la re-
traite du sage, le boudoir de nos phrinés.
On l'admire, on l'encense; il distribue
des brevets d'immortalité; c'est le Grand-
Lama de la littérature ; point de partage,
de rivalité, de distraction. On ne lit que
ses vers, on ne parle que de sa prose,
on ne s'occupe que de lui; lui seul est
tout ; il est le plus grand des philosophes. Approchez pourtant de près ce
coryphée de toutes les opinions; il combat l'intolérance, et il ne peut supporter
une piqûre de journaliste ; il attaque le

fanatisme , et il écume de rage au seul
nom de Chrétien ; il parle de Dieu , de
l'ame , comme s'il pouvait croire quelque
chose : mobile dans ses affections , dans
ses opinions , dans ses éloges , dans ses
goûts , dans sa croyance , il n'est cons-
tant que pour ses intérêts ; en un mot ,
il laisse en mourant, à ses nombreux
prosélites , pour tout édifice religieux ou
moral , de tristes runies ; pour théologie ,
sa raison en dictionnaire par ordre alpha-
bétique ; pour règle de conduite, ses Contes , sa Jeanne d'Arc ; pour divinité , le
fatalisme ; pour garant de sa bonne foi,
son agonie désespérée, et pour ouvrage
posthume , la révolution la plus sanglante , la plus immorale, la plus désastreuse ; et certainement l'école de la
philosophie moderne était bien digne
d'obtenir cette horrible distinction.

Je laisse actuellement à penser dans
quelle position désespérante doit se trouver ce nouvel adepte de la philosophie ,
en ne rencontrant auprès d'elle , au lieu
de la vérité , qu'une nuit plus ou moins
ténébreuse , qu'une éternelle succession
de systèmes , d'erreurs ; qu'une ligue
bien combinée, bien organisée, d'écrivains
trompés ou pervers , calculant les degrés
de leur gloire par les degrés du désordre
où ils plongent les esprits et les opinions. Cependant, pour fixer l'irrésolu-
tion du jeune adepte , et lui présenter
des lumières certaines , j'ai cru devoir
faire paraître à ses yeux le chevalier de
Ramsai , à la suite de ses entretiens avec
Fénélon , abjurant la philosophie et re-
connaissant les saintes vérités de la
Révélation. Une partie de ces mêmes
entretiens de l'Archevêque de Cambrai

avec son estimable ami, forme la matière
du quatrième Chant.

Avec quel plaisir j'introduis sur la
scène ce vertueux Fénélon, dont la mémoire est si chère à la Religion, aux
hommes et aux lettres ; dont chaque
pensée était un bienfait public, chaque
action une vertu, chaque parole une
consolation, chaque regard un rayon
d'humanité ! Avec quelle satisfaction je
fais agir cet incomparable Prélat qui com-
posa des livres pour rendre les Rois
meilleurs et les peuples plus soumis ;
qui parvint à la gloire en ne pensant
qu'à être utile, dont l'ame expansive se
troublait aux cris de l'infortune, et ne
se calmait qu'en la soulageant ; qui em-
bellissait la piété de tout ce que l'indul-
gence a de plus compatissant et de plus
doux ; dont le zèle ardent sans fanatisme,

et pressant sans intolérance, faisait aimer
la Religion, en la présentant comme elle
était dans son cœur, dans toute sa majestueuse beauté, ne péchant envers son Dieu
que par excès d'amour ; s'égarant sans
orgueil , et se rétractant sans murmure ;
Chrétien vraiment admirable , qui unis-
sant le plus beau génie à l'humilité la plus
profonde , à la charité dans toute sa perfection, fit voir à l'incrédulité vaincue à
quel degré de grandeur morale pouvait
s'élever un adorateur sincère de l'Évangile !

C'est donc ce même Fénélon qui développe au chevalier de Ramsai l'économie à
la fois simple et sublime de cette Religion
divine ; qui explique à notre esprit ce que
nous sentons au dedans de nous-même ;
qui, en nous donnant la connaissance du
péché originel, nous donne la clef des
contradictions sans nombre dont la vie

humaine est semée; qui, en nous peignant comme des voyageurs sur une terre dont la fugitive image s'évanouit si promptement, attire et fixe nos regards vers des biens durables comme Dieu lui-même. C'est donc ce même Fénélon dont je rappelle les entretiens, de manière à démontrer l'impuissance de la loi naturelle, la nécessité de la Révélation, et a développer la naissance et l'établissement de cette loi de lumières, de force et de charité, attendue par les Juifs, annoncée par les Prophètes, et que Jesus-Christ est venu apporter sur la terre en prouvant sa mission et sa divinité par des miracles incontestables. Je sens bien qu'en renfermant dans un espace borné un sujet aussi immense, je prive le lecteur de détails très-intéressans et d'un grand nombre de preuves que j'eusse pu

porter jusqu'à l'évidence ; mais j'ai craint
de tomber dans ces même inconvéniens
que j'ai reprochés à Racine et au Cardinal de Bernis. Sans cette crainte, bien ou
mal fondée, j'eusse occupé le quatrième
Chant de tout ce qui précédait la venue
du Messie. Un cinquième eût eu pour
objet Jesus-Christ, sa mission, sa sain-
teté, sa législation, ses miracles. J'eusse
réservé pour un sixième le prodige de
l'établissement de la Religion chrétienne,
opéré par les moyens les plus simples,
je veux dire par le zèle et le dévouement
des Apôtres. On sent bien qu'en élargis-
sant ainsi le cadre de mon Poëme, j'eusse
introduit moins de confusion dans mes
tableaux ; que le dessin en eût été moins
resserré, les couleurs moins hachées, et
que de leur ensemble eût nécessairement
résulté plus d'effet et de conviction. Mais

j'attends l'opinion publique, et les observations judicieuses de nos journalistes les
plus éclairés , pour laisser les choses
comme elles sont , ou pour les étendre
plus loin.

Je dirai plus : eussé-je donné à la
distribution de mes matériaux , même
avec un succès auquel je ne puis pré-
tendre , cette étendue dont je viens de
parler , je serais encore bien loin d'avoir
présenté la Religion avec cette attitude
majestueuse qui lui convient , et que la
poësie didactique même , maniée par un
écrivain supérieur, ne pourra jamais lui
donner. L'exécution d'un semblable tableau ne doit pas lui être confiée. La
poësie épique a seule le droit exclusif
d'offrir dans tout leur éclat les diverses
parties du grand édifice de la Religion*,
les merveilles et les figures de l'ancienne

loi , le miracle de la Création , la lutte
des enfers contre les Cieux , les changemens opérés dans la nature morale et
physique par la désobéissance de notre
premier Père , la législation de Moyse ,
précédée et accompagnée de tant de
choses surprenantes et surnaturelles. La
poësie épique peut seule tracer , d'une
touche brillante ou vigoureuse, le prodige
du mont Thabor , la conspiration de la
synagogue contre Jesus-Christ , les fureurs d'Hérode , la faiblesse de Pilate ,
l'inconstance du peuple, la scène à la fois
touchante et terrible du Jardin des oli-
viers , la trahison de Judas , l'effroi , la
dispersion des Apôtres , la mort véritablement divine de notre Rédempteur, et
la nature en deuil, gémissante ou indignée.
De quels épisodes un tel sujet ne serait-
il pas susceptible ! Ils auraient pour ob-

jets : Magdelaine repentante aux pieds
du Sauveur ; les Rois Mages l'adorant et
prosternés devant son berceau ; Siméon
rendant grâces à Dieu en voyant le Messie ;
la femme adultère arrachée à d'impitoyables
juges ; Lazare sortant du tombeau et rendu
à sa famille. De quelles couleurs variées
un peintre habile n'embellirait-il pas les
riches détails d'un sujet aussi admirable !

Dans le cadre d'un semblable Poëme
épique, quel tableau que celui d'un récit
prophétique, des modifications apportées
par l'Évangile à la morale des peuples !
Il serait digne de l'épopée, même dans
ses plus heureux mouvemens. Et puisque
les circonstances m'y amènent, plus occupé de mon devoir que des vaines formes d'une préface, je ne puis résister au
plaisir de parler des changemens heureux
opérés par ce livre divin. Il est incontes-

table qu'avant la législation de Jesus-
Christ, on eût cherché en vain, chez
toutes les nations civilisées, un code de
morale digne de ce nom, si l'on en ex-
cepte la Judée, qui même avait éprouvé
une altération sensible dans ses principes, par ses rapports habituels avec les
Romains. Sans doute les disciples de
certaines écoles accréditées de la Grèce,
comme celles de Socrate et de Platon,
étaient parvenus à une connaissance assez
avancée de la loi naturelle ; mais tout le
reste de l'humanité n'avait que des notions vagues ou incertaines, et ne connais-
sait enfin que ces principes généraux et
conservateurs de tout gouvernement et
de tout ordre social, modifiés encore par
l'influence des chefs respectifs, ou par
le plus ou le moins de perfection du
culte qu'on observait.

En

En effet, dans l'Egypte, quelle élévation pouvaient inspirer à l'ame une religion qui offrait de l'encens à des dieux nés dans les jardins, et une politique injuste qui renfermait les lumières dans les pyramides, en établissant au dehors l'ignorance publique? A l'époque du siége de Troie, en jugeant des opinions des Grecs par celles d'Homère, réputé pour le plus grand philosophe de son temps, on les trouverait en opposition avec le sens commun. En effet, quelles étranges mœurs, que celles qui légitimaient la vengeance féroce d'Achille, le sacrifice d'Iphigénie, la perfidie d'Ulysse érigée en sagesse, l'assassinat de Priam jusqu'aux pieds des autels, et l'état de servitude où furent condamnées les Princesses troyennes! Quelque temps auparavant, le législateur Orphée n'avait-il pas, sous des formes

héroïques, présenté en vers, à l'admiration
des peuples , l'entreprise criminelle de
Jason ? comme si un vol cessait d'être
odieux lorsqu'il était exécuté par une témérité brillante. Si de ces âges chevale-
resques , nous portons nos regards sur
les âges les plus éclairés de la Grèce, où
les lumières avaient élevé la morale humaine au plus haut degré de perfection
permise à notre faiblesse ; croyez-vous
que la loi politique qui , dans Athènes,
donnait l'expulsion aux bâtards , fût bien
conforme au droit naturel ? Penseriez-
vous que les lois de Sparte pouvaient ,
en police réglée , autoriser le massacre
des Ilotes , et les noyades exercées à
l'égard des enfans mal constitués ? Suppo-
serait-on enfin , que la mère de Pausanias
a pu , sans outrager la nature, conspirer
la première la mort de son fils ? D'un

autre côté , doit-on s'étonner que les
Romains n'ayent jamais respecté les pro-
priétés étrangères , lorsqu'à Rome naissante , Jupiter avait promis l'empire du
monde ? La nature avait-elle chez eux
justifié le suicide ? Et si leur Germanicus
mourant s'adresse à ses amis , ce ne sont
pas des larmes qu'il leur demande , mais
de la haine , mais des sentimens de vengeance. On peut hardiment conclure de
ces exemples que les intérêts politiques
et les dogmes religieux furent souvent,
chez les divers peuples que je viens de
citer, et comme par-tout ailleurs , en
contradiction avec la loi naturelle. Il
était donc de toute impossibilité qu'il
existât nulle part une morale héréditaire,
saine , pure et uniforme.

Mais à peine l'Évangile eut paru, que
tout changea de face. Il était à la fois

investi et de la perfection pour persuader , et de l'autorité pour convaincre.
Les hommes apprirent et leurs fautes pas-
sées , et leurs devoirs présens , et leurs
espérances pour l'avenir. Éclairés sur leur
véritable état , ils s'attachèrent moins à
une terre qui n'était pour eux qu'un lieu
d'exil. Leurs passions furent moins vives ,
ou elles changèrent d'objet. Le genre
humain ne fut plus considéré que comme
une grande famille séparée par les diffé-
rens climats et réunie par la charité. Les
Rois eurent une existence légitime et
reconnue par la Providence ; ils furent
des colonnes élevées pour soutenir l'édifice du corps social. Le droit de violence
et de force exercé contr'eux par les factions fut proscrit et détesté ; l'harmonie la
plus parfaite fut établie entre les Monarques et les sujets ; la rebellion et l'abus

de la puissance furent comprimés par la même loi ; les devoirs des pères furent unis aux droits des Souverains , et leurs sujets se nommèrent leurs enfans. Nul genre de séduction ne fut laissé à l'orgueil du pouvoir. Si les champs élysées présentaient aux Rois l'inégalité politique jusque dans les régions de la mort , et leurs ombres errantes sur de verts gazons , revêtues encore des marques flatteuses de leur prééminence passée ; le Paradis des Chrétiens offre l'égalité la plus absolue au-delà du tombeau ; et si quelqu'apparence de faveur peut s'y mêler aux actes de la justice divine, c'est pour l'homme obscur , pauvre , malheureux ; et quand nous ne sommes plus , les plus beaux titres sont des haillons. La bienfaisance, jugée avant comme une vertu , ne fut plus qu'un devoir pour les riches, et ne

devint un mérite, qu'exercée sans osten-
tation. Dépouillé de sa fausse grandeur,
le suicide prit les couleurs odieuses du
crime et de la lâcheté ; la vengeance
cessa d'être permise depuis que le Législateur avait donné le grand exemple de
mourir et de pardonner ; et l'humilité
fut le fondement de l'action la plus belle
et la plus généreuse. Une telle doctrine
devait triompher : les soldats Thébains
en firent voir tout le sublime ; elle s'in-
troduisit insensiblement dans l'esprit des
législateurs , dans les arts, dans les actions de la vie ; elle polit la cour des
Empereurs romains ; ils tinrent de plus
près à l'humanité ; les proscriptions devinrent plus rares ; et tandis que , après
des décrets furieux, Tibère n'éprouvait
que la crainte que lui avait causé ses
victimes, Théodose fut rendu aux remords

et à ses devoirs , à la voix d'un ministre de l'Évangile. Voyez cette malheureuse Afrique, qui, dans les âges de son ambition, de ses antiques dieux , ne fut que commerçante et guerrière , devenir tout-à-coup, sous le Christianisme, célèbre dans les lettres , dans la morale et dans la civilisation. Et si , entourée de peuples barbares, et de croyances plus barbares encore , l'Abyssinie se dépouilla autrefois de son ignorance farouche, n'est-ce pas le bien-fait de l'Évangile qui opéra un si beau changement ? Et si cette même contrée a perdu depuis ses lumières , sa police, sa liberté civile , la force de son gouvernement, c'est qu'une superstition stupide y a effacé jusques aux traces du plus beau culte que les hommes ayent jamais professé. N'est-ce pas le Christianisme qui a soulevé , brisé insensiblement le long voile de barbarie élevé sur l'Europe par la main dévastatrice des peuples du Nord ? N'est-ce pas du sein des monastères que sortit , en des temps plus heureux, le dépôt caché des sciences et des arts ? Et l'aurore du retour des lettres et de la raison ne brilla-t-elle pas dans Rome, à la cour des Médicis ? Pourquoi les Normands , si fameux par leurs longues et sanglantes déprédations , se virent-ils , comme par enchantement, changés en peuple soumis et civilisé ? C'est qu'à l'exemple de Rollond , leur chef , ils embrassèrent l'Évangile. Et si Saint Louis , dans le malheur, ainsi que dans la prospérité, a développé un caractère si étonnant et si sublime , ne doit-on pas faire hommage à l'école de Jesus-Christ d'une moralité si parfaite ? Mais laissons les monumens des âges écoulés, et fixons nos regards sur ce qui se passe aujourd'hui sur la scène du monde.

Si, indignés du prestige fallacieux dont le charlatanisme philosophique a entouré les rivages de l'Indus et du Gange, nous cherchons à connaître le véritable état de ces fécondes et déplorables contrées, nous n'y verrons que des peuples dégradés, servant, dans une imbécille admiration, des fanatiques qui les dépouillent et les abrutissent, outrageant à la fois la nature, les lois sociales, en condamnant une caste pauvre et nombreuse à des pénibles travaux, à l'outrage, à la servitude : tout y est vil, l'homme, le culte et la morale. Sur la foi de quelques relations suspectes ou mensongères, chercheriez-vous, dans cette Chine si vantée et si peu digne de l'être, quelques traces d'une bonne civilisation ? Je n'y vois

qu'une ignorance orgueilleuse , insolemment décorée des signes extérieurs d'un
savoir qui n'existe pas. Les lois , la langue , les mœurs, les préjugés même,
s'y traînent dans les langes d'une éternelle enfance ; tandis que les arts , les
sciences et les esprits y sont dans une
constante immobilité. Les ames s'y mon-
trent sans émulation , comme sans en-
thousiasme : on y obéit par habitude ,
sans haine et sans affection. Les Chinois
se contentent d'assister à leurs révolutions ; les Tartares seuls, maîtres de leur
gouvernement , y font et défont les
dynasties. Que penser d'un peuple, où ,
pour exercer la justice, les Mandarins
voyagent suivis de sbires armés de glai-
ves et de bâtons , chargés d'exécuter
brusquement et sans appel les victimes
de leurs sentences précipitées ? Qu'atten-

dre d'une nation, où les pères, au nom
des lois, abandonnent les enfans qu'ils
ne peuvent nourrir; d'une nation qui ne
témoigna ni plaisir, ni surprise à l'aspect
du premier vaisseau de ligne qui parut
sur ses rivages ? C'est encore une vérité
bien reconnue, que par-tout où a pénétré la doctrine désespérante de l'Arabe-
Prophète, vous ne remarquerez ni police,
ni mœurs, ni connaissances humaines;
mais bien plutôt la destruction assise sur
des ruines, entourée de l'ignorance et de
l'anarchie. Ici, c'est la Perse désolée par
d'éternels usurpateurs, ne respirant qu'au
milieu des convulsions, sans souvenirs,
sans vestiges de son ancienne gloire. Là,
c'est la Syrie livrée à l'avarice de cinq
tyrans qui en achèvent successivement
les restes; ignorant, hélas! dans son
avilisante servitude, qu'elle renfermait

autrefois dans son sein et la célèbre Antioche et la belle Palmyre. Cherchez, sur
les rives du Nil, la savante Thèbes,
l'opulente Alexandrie : leurs arts, leur
commerce, leurs palais, tout a disparu
sous la hache des successeurs de Mahomet.

Plongée dans un sombre deuil, l'Egypte
n'offre, au milieu de ses débris, qu'une
caste féroce et souveraine, accablant de son
joug, pressurant de ses rapines les restes
déplorables et dégradés de son antique
et brillante population. O ville de Cons-
tantin ! ô Grèce immortelle ! première
patrie des arts et des lumières, vous
n'êtes plus que l'odieux séjour de l'esclavage et de la tyrannie, où des Sultans,
livrés à de lâches voluptés, cimentent leur
trône criminel du sang de leurs propres
frères ; où la force et les meurtres donnent, enlèvent la puissance ; où la soif

insatiable de l'or est le principe de toute législation , et la crainte , le seul sentiment ; où le danger individuel forme l'égalité politique ; où l'action des lois consiste dans la volonté secrète du despote , et dans les muets qui l'exécutent par surprise. Chose véritablement digne d'être observée par tous les publicistes , c'est que presque tous les gouvernemens existans sur la terre , étrangers à la Religion chrétienne , sont dirigés par les principes du despotisme le plus absolu ; qu'ils n'ont ni repos, ni lumières, ni considération. Jugez de la perversité de leur culte, puisque l'idolâtrie , si absurde dans ses dogmes et si contradictoire dans sa morale, a été moins funeste à l'humanité , à laquelle elle n'a ravi ni l'empire de l'esprit , ni la liberté , ni la gloire. Cependant, quel triomphe pour l'Évangile que le bon état de l'ordre social dans les lieux où ses préceptes ont pénétré ! Presque tous les gouvernemens chrétiens forment des monarchies tempérées, où les princes se conduisent d'après les lois, ou accordées par le Souverain, ou convenues par un pacte solennel entre le maître et les sujets. Et s'il arrive quelque part que la suprême puissance n'aye pas une certaine opposition de pouvoir propre à établir, l'équilibre politique, l'absence de ce contre-poids est dès-lors remplacé par la force de l'opinion et des mœurs. Entre le prince et le sujet, l'Évangile est la constitution la plus solide. Il prévient, il enchaîne à la fois le despotisme et l'anarchie. Ce principe est si incontestable, que, lorsque nos étranges novateurs ont voulu faire le terrible essai de leur extravagante législation, ils ont attaqué la Foi avant de commander le crime ; et dans les scènes sanglantes qui signalèrent notre démence politique, on ne vit que des philosophes armant leurs dociles sicaires.

N'est-ce pas , en effet, dans les états religieux où l'on adore Jesus-Christ, que se trouve le plus beau spectacle que l'homme puisse contempler sur la terre; je veux dire, des vertus éclairées et per-sévérantes ; une police admirable ; les sciences , les belles-lettres , les arts mé-caniques se déployant dans toute leur perfection; la politesse embellissant de ses grâces la plus industrieuse sociabilité; l'honneur dirigeant les actions ; tandis que la charité agit sur les ames ; et, ce qui est au-dessus de tout, des Rois se considérant responsables des actes de leur autorité au tribunal d'un Dieu juste, qui les jugera plus sévèremment que le dernier de leurs sujets ? Et puisqu'il est ici question de l'influence de l'Évangile sur le cœur de ceux qui gouvernent, je demanderai à tous ceux qui se font un noble plaisir de rappeler dans leurs écrits, de fixer dans leur mémoire les actions les plus éclatantes des meilleurs Rois, s'il existe, dans les annales d'aucune dynastie, tant ancienne que moderne, un monument comparable au Testament du malheureux LOUIS XVI. Précipité du trône pour avoir voulu en adoucir la puissance, condamné au supplice pour en avoir délivré ses ennemis, puni de ses propres vertus, outragé comme Roi, comme époux, comme père; hé bien! calme, sublime, généreux au milieu des passions furieuses, injustes, oppressives, il se recueille avec son ame et l'Évangile ; et d'une main, qu'une mort

cruelle

cruelle allait bientôt glacer, il trace ces
lignes immortelles, dépositaires de ses
derniers vœux, de sa dernière pensée,
qu'on ne peut lire sans s'attendrir, sans
devenir meilleur, et sans bénir une Religion qui semble élever l'homme à la
grandeur divine, et qui parut renouveler
dans la prison du Temple la scène magnanime du Calvaire. Quelle autre, qu'une
famille de véritables Chrétiens, eût présenté un Roi, frère de l'illustre victime
dont nous parlons, rappelé par la Providence et par ses droits au Trône auguste
de ses pères, paraissant au sénat dans
tout l'héroïsme de la clémence, jusque,
pour ainsi dire, sur le tombeau où reposent des cendres si chères à son cœur,
proclamant le pardon des injures, l'oubli des crimes commis, et dépassant
encore, par le don de la constitution la

plus sublime, tout ce qu'une déclaration
si admirable semblait, aux ames les plus
généreuses, présager d'actions grandes et
libérales ? N'est-ce pas l'homme élevé par
l'Évangile à ce haut degré de perfection,
où toute la philosophie humaine ne
pourra jamais atteindre ?

D'après cette grandeur inaccessible à
la sagesse humaine, introduite par l'Évangile dans la morale publique, comment
se persuader que dans le dix-huitième
siècle, qui s'approprie exclusivement les
lumières et la raison, il se soit élevé
en France une conjuration d'hommes
ambitieux d'argent, de plaisir et de renommée, dont les efforts cherchaient à
anéantir la seule Religion qui porte en
soi les caractères de la Divinité ? Et tandis
que, convaincu de la vérité de cette même
Religion, un Labruyère déclare que,

s'il en était autrement, ce serait le piége le plus adroit, le plus inévitable qu'on eût pu tendre au savoir, au génie, au raisonnement même ; tandis que, d'un autre côté, l'un des plus forts esprits qui ayent jamais existé, avait projeté d'en démontrer l'authenticité par des preuves plus lumineuses que celles de la proposition géométrique la moins reculée de notre intelligence. Comment se peut-il que les mêmes conjurés, dont je viens de parler, ayent pu considérer le Christianisme comme une invention absurde, ridicule, sans vraisemblance, dont la moindre tentative peut renverser le prestige ? N'est-ce pas le langage de la supercherie et du charlatanisme tenu à la classe des lecteurs la plus ignorante et la plus superficielle ? Qu'ont-il enfin produit, ces nouveaux Érostrates ? Des livres qui ont vomi des tempêtes, et d'où sont sortis, comme d'une source infectée, la dépravation des mœurs, nos délires politiques, nos révolutions, nos crimes et le bouleversement du monde entier. Quoique ces effets soient de nature à dessiller les yeux les moins clair-voyans, je crois cependant nécessaire d'établir un parallèle de moralité et de génie entre les défenseurs et les ennemis du Christianisme, afin que les jeunes gens soient plus en garde contre les fausses inductions qu'on ne manque pas de leur suggérer dans mille impertinentes brochures, où l'audace et le mensonge remplacent le bon sens et la vérité. Qu'oseront-ils répondre, ces éternels détracteurs de la Révélation, lorsque, à leur Celse, à leur Porphire, à leur Julien, à leur Maxime, qui n'ont jamais passé pour des

hommes de génie, on opposera un Ori-
gène, dont l'immense savoir embrassait
les connaissances de l'Univers entier ; un
Chrysostôme, dont le seul Démosthènes
est, en éloquence, digne d'être le rival ;
un Augustin, dont Labruyère nous donne
une si haute idée ; un Tertulien, dont la
pensée forte et concise nous rappelle celle
de Tacite et de Montesquieu ; un Cyprien,
un Jérôme, qui nous maîtrisent par leur
style vif et brûlant ; un Grégoire de
Nazianze, un Basile, un Ambroise, un
Léon, qui seront à jamais l'admiration des
siècles ; et si ces mêmes hommes l'empor-
tent par l'éclat des talens sur des audacieux Controversistes, ne les accablent-ils
pas encore de leur supériorité par leurs
vertus et par leurs mœurs ? Après ces
grands exemples donnés par ces écrivains
extraordinaires, qui pourrait, sans s'ex-

poser au ridicule, s'occuper d'un Celse, dont la calomnie était l'arme familière ; d'un Porphire, qui se jouait sans scrupule de ce que les hommes respectent et observent avec le plus de soin ; d'un Julien, qui, sans remords, s'arma contre son bienfaiteur ; d'un Maxime enfin, qui abusant de la crédulité de son élève, l'engagea, contre sa propre volonté, à combattre les Perses, par le seul attrait de quelques promesses fastueuses, fondées sur les misérables effets de ses opérations magiques ? Je demande à tout homme honnête, qui cherche à établir son opinion sur des bases solides, si, dans les motifs de son estime, il peut balancer un moment entre les soutiens du Christianisme dans l'antiquité, et entre ceux qui, aux mêmes époques, se sont efforcés de le renverser ? Ne puis-je pas avancer le même raisonnement à l'égard de nos temps modernes ? Que répondront-ils, nos esprits forts les plus obstinés, lorsqu'on leur présentera, comme des Chrétiens fidelles, ces savans, ces orateurs distingués, ces professeurs inimitables qui illustrèrent la solitude de Port-Royal, et qui ressuscitèrent parmi nous le bon goût en littérature et la véritable éloquence ; lorsqu'on leur présentera, comme les disciples sincères de la Foi, ces grands hommes qui ont décoré le siècle de LOUIS XIV ; les Racine, les Boileau, les Corneille, les Fénélon, les Bossuet, les immortels flambeaux de notre gloire littéraire ?

Mais enfin, arrivons à un autre parallèle que je veux établir par un raisonnement qu'on ne pourra pas certainement détruire. Quels sont enfin, parmi

nous , les principaux chefs de l'incrédulité ? Si je ne me trompe , ils sont Bayle ,
Voltaire et Rousseau (car , les Helvetius ,
les Raynal , les Boulanger , les Marquis
d'Argens , les Condorcet , les Lamettrie ,
ne sont à mon avis que des écrivains
médiocres). Voyons donc actuellement
la raison qui pourrait nous déterminer à
donner une entière confiance au triumvirat
philosophique que je viens de citer , et
qui n'a pas fait moins de victimes que
l'association farouche et sanguinaire des
Octave et des Lepide. Serait-ce Bayle qui
contribuerait à faire pencher la balance ?
Si j'en crois M. d'Olivet , Bayle n'a pas
toute l'érudition qu'on lui suppose. Nicole
déclare sans détours qu'il a le jugement
faux. On lit dans le Journal de Trévoux
que Bayle gagne par l'expression ceux
qu'il ne peut convaincre par le raison-

nement. Bayle est inconstestablement un très-bel esprit, d'un art admirable à égayer les matières les plus abstraites, quelquefois même avec toute l'impudence d'un indécent cynique. J'admire son imagination, sa fécondité, presque autant que je m'étonne de sa perfidie et de sa mauvaise foi. Mais enfin, je placerai M. de Fontenelle au-dessus de lui, et l'auteur de la Pluralité des Mondes n'est plus considéré comme un homme de génie. D'un autre côté, si l'on ne veut juger le citoyen de Genève que sous les rapports de l'éloquence et des talens, je conviens que c'est un écrivain du premier ordre, dont les ouvrages seront plus durables que les pyramides de l'Egypte. Mais si l'on ne cherche, dans ses écrits, que cette force de raison intérieure, dont le langage éclairé est d'un si

grand poids dans l'opinion des hommes ,
on n'y trouvera, à sa place , qu'une
philosophie romanesque , entourée de
sophismes , de principes absurdes , de
contradictions, d'idées chagrines et déli-
rantes ; nourrie des visions , de la mysan-
trhopie de son auteur, dont les rapports
avec M. Hume et ses inconcevables confessions ont donné la juste mesure du
bon sens.

Je ne disconviendrai pas non plus que
M. de Voltaire ne puisse , sous un certain point de vue , être regardé comme
un Hercule littéraire qui manque à toutes
les nations , à l'antiquité elle-même : mais
on serait bien détrompé , si on le suppo-
sait avoir été un homme mûr , un homme
à caractère ; lui , dont l'imagination mobile ne se fixait sur rien ; toujours prêt ,
au moindre accès de fièvre , à abjurer sa

chère philosophie , et qui l'eût reniée
solennellement à son lit de mort, si des
philosophes alarmés n'en eussent gardé
les avenues , et écarté ceux que , dans
leur folie, ils traitaient d'adversaires. Ce
sont cependant de tels hommes, dont on
n'eût pas suivi les conseils dans l'affaire
la moins importante de la vie, qui ont
opéré la révolution la plus rapide et la
plus désastreuse. O aveuglement inconcevable ! Peut-on de bonne foi accorder
une déférence servile d'opinion au jugement de tels écrivains, plutôt qu'à celui
de ces têtes fortes et pensantes , dont les
réflexions détruisent les préjugés , qui
affaiblissent par l'austérité des calculs les
illusions d'une imagination brillante , qui
enchaînent les écarts de leur éloquence
dans le cercle impérieux d'un raisonnement sévère , habiles scrutateurs de la

nature , et des principes reçus, dont les
opinions doivent être réputées comme
des oracles. Ces véritables philosophes ,
ces esprits privilégiés et rares , sont les
Descartes , les Leibnitz , les Pascal , les
Newton. L'un a fondé l'art de penser et
de raisonner ; l'autre s'est illustré par des
résultats immortels , sur les questions les
plus abstraites et les plus profondes ;
celui-ci eût créé les Mathématiques , si
elles n'eussent pas existé ; celui-là enfin
a deviné , pénétré le système du monde ;
et lorsque des génies , au-delà desquels
on ne peut concevoir rien de plus grand
et de plus sensé se sont courbés avec
respect devant la Révélation, on ose donner
une entière confiance à un bel esprit sans
opinion , à un mysantrhope perdu dans
ses idées romanesques , enfin , à un char-
latan qui accréditait par orgueil des sys-

tèmes , auxquels il ne croyait pas lui-
même. Je sens bien qu'en étendant trop
mes idées , je me suis éloigné du but
que je m'étais proposé. Mais qu'importe ,
sur-tout dans une préface , une inutile
régularité, qui sans faire honneur à mon
esprit , ne satisferait que les convenan-
ces, si quelque bien pouvait être produit
par cette irrégularité même ?

Ainsi donc, après une digression longue, je me hâte de rappeler à mon lecteur
ce que j'ai dit plus haut : combien le
récit prophétique des modifications apportées par l'Évangile à la morale des
peuples formerait un épisode intéressant
dans un Poëme épique consacré en l'honneur de la Religion. Sans doute c'eût été
à l'inimitable auteur d'Esther et d'Athalie
d'entreprendre un ouvrage si digne de lui,
et non à des muses allemandes, qui n'ont

enflé, avec quelque succès, que des pipeaux rustiques. Le génie poëtique semble, jusques à cette époque, n'avoir versé sur leurs contrées que des rayons faibles et languissans, et il devrait être dans toute sa force et dans tout son éclat pour le sujet que je propose à l'ambition des poëtes français. On ne peut se dissimuler que pour le traiter avec avantage, on trouverait beaucoup de ressource d'idées et de tableaux dans l'immortel ouvrage que M. de Châteaubriand à composé en faveur du Christianisme. Malgré quelques imperfections de style, quelques comparaisons plus triviales que pittoresques, malgré enfin des couleurs trop ardentes, prodiguées quelquefois sans ménagement, qu'on reproche avec raison à ce célèbre écrivain ; quel critique assez injuste oserait lui refuser le génie des conceptions vastes , élevées ; une palette enrichie des couleurs les plus variées ; un fonds inépuisable de chaleur et de sensibilité, qui animent et vivifient tous les objets où elles se répandent ; un talent supérieur pour le genre descriptif; des mouvemens d'une véritable éloquence, et le rare secret de parler à la fois au cœur, à l'esprit, à l'imagination, talisman ignoré des auteurs vulgaires , et que possèdent exclusivement les orateurs et les poëtes du premier ordre ?

Fin du Discours préliminaire.

ERRATA.

Chant deuxième , page 19*, vers* 21 *, lisez :*

Et, pour comble d'horreur, des principes pervers.

Page 27*, vers* 15 *, lisez :*

Il se penche, il s'enfonce, ou sortant de l'abyme.

Pour titre du Chant quatrième , lisez :

RÉVÉLATION.

LE TRIOMPHE

DE

LA RÉVÉLATION,

POËME EN QUATRE CHANTS.

———>o(-≥>)ᵒ>((≥-)o<———

CHANT PREMIER.

——●※●——

NATURE.

——●※●——

PEINTRES fallacieux, perfides écrivains,
Qui, vous jouant, hélas! des crédules humains,
Sous un prisme embelli de couleurs mensongères,
Offrez le sombre deuil de nos tristes misères,
Tremblez!..... Je briserai le voile injurieux
Dont vous enveloppez l'homme à ses propres yeux;

I

Mes traits renverseront le trône fantastique
Où vous osez placer son bonheur chimérique ;
Je peindrai l'infortune attachée à ses pas,
Et sa gloire et sa vie au-delà du trépas.

Et vous, fabricateurs des plus indignes piéges,
Dont les hardis calculs, les travaux sacriléges
D'un abyme profond prétendent arracher
Un avenir que Dieu se plaît à nous cacher ;
Apôtres criminels d'une vaine science,
L'homme naît, consultez l'astre de sa naissance ?
Tous les astres pour lui sont celui des malheurs ;
Il s'annonce à la vie en répandant des pleurs.
Faible, inconstant, jouet de son ame mobile,
A travers les terreurs d'une enfance imbécille,
Il traîne les ennuis de ses jours turbulens,
Semés de courts plaisirs et de dangers constans.
A peine est-il sorti de son adolescence,
L'illusion l'entraîne, il s'émeut, il s'élance.
Des travaux de l'étude aussitôt dégoûté,
Il dévore la vie, et d'un monde enchanté
Il appelle, il poursuit les perfides caresses.
Trahi par ses amis, trompé par ses maîtresses,
De ses propres écarts honteux et consterné,
Il lance sur la vie un regard indigné.
Mais une voix lui crie : Arrête, téméraire !
Relève ton fardeau. Docile en sa colère,

Il se condamne à vivre et poursuit son chemin ;
L'âge suivant, dit-il, calmera mon chagrin.
L'âge suivant, ô Ciel ! des passions fongueuses,
De tous ses sentimens reines impérieuses,
L'insensible avarice et l'indomptable orgueil,
L'ardente ambition qui se creuse un cercueil,
L'accablent de leur joug, et jusque dans ses chaînes,
Des rivaux, des jaloux, l'entourent de leurs haines.
Il voudrait, effrayé d'un si pesant fardeau,
Voir de ses tristes jours s'éteindre le flambeau.
Il voudrait..... et déjà la hideuse vieillesse
Amenant sur ses pas le chagrin, la tristesse,
De son sang affaibli, dans ses veines glacé,
Rend le cours plus tardif et plus embarrassé :
Elle blanchit sa tête, et de ses mains arides,
Elle étend sur son front les menaçantes rides.
Il voit dans le néant tomber ses sens détruits,
Et ses jours retraçant la sombre horreur des nuits.
Il voit derrière lui des regrets, des ruines ;
Devant lui, des dangers, des ronces, des épines.
Dans ce désert affreux il marche sans appui,
Et la nature en deuil s'anéantit pour lui.
Il s'avance au hasard, sans chercher à connaître
Ce qu'il est, ce qu'il fut, ce qu'un jour il doit être ;
Et, comme un voyageur dans une île jeté,
De sa propre ignorance il erre épouvanté.

Il gémit..... Cependant du bout de sa carrière
S'élève tout-à-coup l'effrayante barrière ;
Au-delà, le front ceint de funèbres lambeaux,
La mort ouvre à ses yeux l'aspect des noirs tombeaux.
Il y tombe..... et le temps, dévorant sa victime,
Sur sa cendre oubliée a refermé l'abyme.

   De nos jours malheureux, consumés de regrets,
Tels sont, tels sont, hélas ! les fidelles portraits ;
Et, de quelques couleurs qu'une habile éloquence
De ses objections veuille orner l'impuissance,
La vérité terrible oppose ses clartés
A des prestiges vains, avec art inventés.
Mortels ! ouvrez les yeux aux feux de sa lumière ;
J'élève son flambeau sur la nature entière.

   O Nature ! à nos yeux que tes charmes sont doux,
Quand, déposant les traits dont s'arme ton courroux,
Aux rayons d'un beau jour ton éclat étincelle !
Quand tu pares le sein de l'antique Cybèle,
De coteaux émaillés, de ruisseaux transparens,
De jardins, de moissons, de bosquets odorans,
Et que, rivalisant de fraîcheur et de gloire,
Vingt beautés à tes yeux disputent la victoire !
Qui ne croirait, hélas ! que l'homme environné
Des honneurs souverains dont tu l'as couronné,
D'une chaîne de fleurs entrelaçant sa vie,
Ne coulât sous tes lois des jours dignes d'envie ?

Barbare! tes faveurs, tes présens odieux,
Ressemblent aux doux chants, à l'abord gracieux
Dont jadis les Circés, les perfides Syrènes,
Se servaient pour cacher leurs fureurs inhumaines.
Tel Ismen, du printemps déployait tous les dons,
Autour d'une forêt qu'habitaient les démons.

Du destin des mortels, peintre illustre et sublime,
En creusant de leur cœur l'impénétrable abyme,
Pascal trace à grands traits un fidelle tableau
Du malheur qui les suit jusqu'au bord du tombeau.
Des hommes qu'environne une mer orageuse,
Il a vu le néant, la faiblesse orgueilleuse :
Il les voit s'agiter pour des biens incertains
Qu'à chaque instant la mort arrache de leurs mains;
Et, dans le drame heureux d'une vie éclatante,
Pour dénouement il offre une scène sanglante.
En vain un bel esprit, dans ses douces erreurs,
D'un perfide pinceau verse au loin les couleurs ;
Et couvrant de plaisirs, de roses et de fêtes,
Un sol tumultueux qu'ébranlent les tempêtes,
Pense d'un lieu d'exil faire un brillant séjour.
Hélas ! tout disparaît, beauté, grâces, amour ;
Et quand cet Univers n'est qu'une vaste tombe,
Où, parmi cent écueils, l'homme arrive et succombe,
De quels charmes enfin peut être revêtu
Un long crêpe funèbre en tous lieux étendu?

O Nature cruelle ! ô marâtre implacable !
Peindrai-je, en vers brûlans, le déluge effroyable
De souffrances, de maux, comme autant de vautours
Sur nos corps acharnés pour dévorer nos jours ?
Peindrai-je l'insomnie aux yeux creux et livides,
Les éternels combats des fièvres homicides,
L'affreux débordement du sang et des humeurs,
D'une rapide mort tristes avant-coureurs ?
Dirai-je tes forfaits ? Nos maux héréditaires,
Nos poumons desséchés par d'horribles ulcères,
Et le hideux cancer sur sa proie attaché,
Et le scorbut infect dans nos veines caché,
Et des convulsions l'irrésistible empire,
Et la douleur muette et l'effrayant délire ;
Et, pour tout dire enfin, l'imagination
Couvrant d'un sombre deuil notre faible raison ;
Par ses barbares jeux, par ses affreux caprices,
Condamnant sa victime à d'éternels supplices.
On compterait plutôt les sables vagabonds
Qu'un vent fougueux soulève et roule en tourbillons,
Que les maux que sur nous la nature déchaîne ;
Et quelquefois ces maux sont trop lents pour sa haine.
Voyez-la dans les airs rassembler la vapeur
Des déserts, des marais qu'embrase l'équateur ;
Et la peste, naissant de ce poison immonde,
Semble avoir conjuré la ruine du monde.

O Nature ! sur nous tu lances tous tes traits.
De funestes venins elle arme les forfaits ;
Et tandis que l'aspic dort sous des fleurs perfides,
S'élancent du désert les serpens homicides,
Qui, nous emprisonnant dans leurs vastes anneaux,
Des cris de leur victime alarment les échos.
Sur nous accourt le tigre affamé de carnage,
Et le lion superbe étincelant de rage.
Ces bourgs ont disparu sous des monts écroulés.
Par les autans fougueux les mondes ébranlés,
Aux lueurs des éclairs dont s'embrasent les nues,
Offrent les longs débris des forêts abattues,
Des troupeaux, des moissons qu'entraînent les torrens.
Entendez-vous tonner, sous les efforts des vents,
Les orageuses mers, dont les ondes rebelles
Cent fois en s'élevant aux voûtes éternelles,
Ont ouvert, dans leur chute, aux pâles matelots,
De leurs gouffres profonds les immenses tombeaux ?
O Nature ! autrefois dans ces gouffres avides
Ta criminelle main plongea les Atlantides.
L'histoire offre par-tout ta constante fureur ;
L'âge à l'âge suivant apporte le malheur ;
Devant le temps jaloux les siècles disparaissent ;
Tout finit, et jamais tes rigueurs ne nous laissent.

De la terre soumise, arbitres souverains,
Qui voyez à vos pieds le reste des humains,

Entourez vos palais des plus riches merveilles ;
Que d'oiseaux inconnus y charment vos oreilles ;
Que l'hiver étonné, dans vos jardins vainqueurs,
Au milieu des frimas se couronne de fleurs ;
Que des tubes d'airain les ondes jaillissantes
Élèvent dans les airs leurs colonnes mouvantes ;
Que Phidias y verse, en ses hardis travaux,
Sur des marbres glacés tout le feu des héros.
Parmi les grands effets d'un art qui vous couronne,
La foudre éclate, roule autour de votre trône.
Vous n'éviterez pas, tel est l'arrêt du sort,
La pâle maladie et l'indomptable mort.
Dans un gouffre enflammé, sous des torrens de cendre,
Une seconde fois Lisbonne peut descendre ;
Naples peut voir son front couronné de splendeur,
Couvert des flots brûlans d'une lave en fureur ;
Et, dans les flancs ouverts de la terre ébranlée,
Peut tomber, s'engloutir Messine désolée.
Que Pope, par les biens justifiant les maux,
Parmi de courts bienfaits et d'éternels fléaux,
Encense la nature érigée en système,
Et trouve sa beauté dans ce désordre même ;
Je ne puis admirer une brillante erreur ;
La nature est un trône où règne le malheur.
Sans redouter les pleurs qu'elle fera répandre,
Dans l'abyme des flots sa main plonge Léandre ;

A des chiens dévorans livre d'illustres jours (*),
Elle immole Euridice et ses tendres amours.
De l'immortel auteur de Phèdre et d'Athalie,
On vit dans l'Océan la race ensevelie.
Pline en vain, ô Nature ! avait fait ton orgueil ;
Tu le plongeas vivant dans un brûlant cercueil.
Pendant que des Romains, à ses ordres docile,
La flotte naviguait sur les mers de Sicile,
Le Vésuve s'allume ; il vomit de ses flancs,
Des métaux embrasés les rapides torrens.
Pour consterner la terre et pour servir ton crime,
La mer, en pénétrant un effroyable abyme,
De ses flots bouillonnans exhalant la chaleur,
D'une brûlante lave alimente l'ardeur ;
Des longs feux déchaînés la colonne ondoyante
Élève jusqu'aux cieux sa lumière sanglante ;
Torche immense et lugubre, exécrable flambeau,
Qui semble des mortels éclairer le tombeau ;
Tandis que l'air, captif dans les veines du monde,
Brûlant de s'échapper de sa prison profonde,
S'agite en longs efforts, et secouant ses fers,
Dans sa prompte vengeance ébranle l'Univers.
Que ne peut le génie et son noble courage ?
Pline a vu sans pâlir..... il s'élance au rivage,

(*) Euripide.

Et sans s'intimider des vulgaires terreurs,
Il veut voir de plus près de sublimes horreurs :
Aussitôt et la flamme et les cieux s'obscurcissent ;
Des cendres du Vésuve en longs torrens jaillissent ;
Elles couvrent les champs, effacent les coteaux ;
Tout disparaît, se voile, hommes, cités, hameaux.
    Ainsi qu'Herculanum couverte, enveloppée,
S'engloutit pour toujours la ville de Pompée ;
Et, pour comble d'effroi, Pline est enseveli
Sous le terrain mouvant dont il est assailli.
O Pline ! si des bords, à tes jours si funestes,
Nous dérobent, hélas ! tes vénérables restes ;
Si dans une urne d'or un légitime encens
Ne peut fixer ta cendre et tes manes errans,
Va, ne murmure point du destin qui t'outrage ;
Ton triomphe survit à ton propre naufrage.
Admirés d'âge en âge et lus avec transport,
Tes écrits ont vengé les horreurs de ta mort :
Sur la nature ingrate ils impriment ta gloire,
Et l'éclat de ton nom illustre son histoire.

CHANT SECOND.

SOCIÉTÉ.

A de sombres couleurs dont l'infortune couvre
La modeste cabane et le superbe louvre ;
A de longs attentats qu'exercent contre nous
Le choc des élémens, la nature en courroux,
Ces esprits qui, privés de lumière, de force,
N'embrassent des objets que la trompeuse écorce,
Peut-être opposeront, dans leurs sophismes vains,
De la société les bienfaits incertains,
En plaçant sur un trône entouré de prestiges,
Le bonheur des mortels, leur gloire et leurs prodiges.
Si du monde, en effet, sans rien approfondir,
On s'arrête au tableau fait pour nous éblouir,
Nos yeux avec orgueil se reposent sans doute
Sur l'homme, de la vie embellissant la route,
Fuyant sa nudité, sa caverne, les bois,
Se créant des maisons, des vêtemens, des rois,

Et soumettant aux lois, dont il règle l'usage,

Sa liberté farouche et son orgueil sauvage.

J'admire les efforts des arts industrieux,

Arts nés de nos besoins et fécondés par eux.

Sur les autels naissans je vois les dieux descendre,

Les cités s'agrandir, les empires s'étendre ;

Les vaisseaux, s'élançant au sein des vastes mers,

Nous porter des trésors des bouts de l'Univers ;

Tandis qu'accompagnant la fortune publique,

Éclate des beaux arts le triomphe magique ;

O prodige ! je vois l'éloquence tonner,

Au flambeau des beaux vers le langage s'orner ;

Les toiles, s'animant sous des formes soudaines,

Se colorer du feu des passions humaines ;

Des merveilles jaillir du ciseau créateur ;

Ces temples, de l'olympe imitant la splendeur ;

Des portiques, des arts, la superbe colonne ;

De leur pompe entourant la majesté du trône :

Et la harpe à la main, par des sons ravissans,

Polymnie enchaîner et notre ame et nos sens.

O science immortelle ! ô céleste Uranie !

Peindrai-je les trésors qu'enfanta ton génie,

L'art d'écrire inventé pour le charme des cœurs ;

Ces Solons, de nos lois illustres fondateurs,

Et des miroirs ardens la puissance attestée,

Embrasant les vaisseaux de Rome épouvantée ;

Descartes secouant le joug honteux des mots ;
Ce Newton embrassant, dans ses calculs nouveaux,
Des mondes étoilés les orbites immenses,
Mesurant leur grandeur, leurs formes, leurs distances ;
De la chimie enfin l'effort audacieux,
Armant l'homme étonné de la foudre des dieux ;
Tandis que vers les airs, d'un nouveau Prométhée,
L'olympe avec effroi, voit l'audace emportée ?
Si même, aux grands effets de ces nobles travaux,
Des sites enchantés vous joignez les tableaux,
Ces fleuves inconnus que l'homme fait éclore,
Ces somptueux jardins que son talent décore,
Ces flots, mêlant au bruit des plus brillans concerts
Leur pompe jaillissante et l'éclat de leurs fers ;
Ces parcs majestueux, peuplés de dieux rustiques,
Offrant le sombre deuil de leurs voûtes antiques ;
Ces bosquets, où la rose étale son carmin,
Que dore l'oranger, que blanchit le jasmin ;
Ces vergers renfermant les trésors des deux mondes,
Et les hivers vaincus dans nos serres fécondes :
De prodiges, de fleurs, de fruits environné,
Par Uranie instruit, par les arts couronné,
Sur un trône émaillé des mains de la nature,
L'homme semble jouir d'une volupté pure,
Et joindre, pour charmer, pour illustrer ses jours,
Les lauriers du génie au myrte des amours.

Il semble, en s'entourant de plaisirs, de lumière,
Régner en souverain sur la nature entière ;
Repousser loin de lui l'image du malheur,
Et fixer sur ses pas la gloire et le bonheur.
Insensé ! qu'ai-je dit ? Si d'un œil intrépide
Je perce la surface et le voile perfide
Qui couvrent les horreurs de la société,
Le sage à cet aspect recule épouvanté.
L'un que tient sous son joug la pauvreté hideuse,
Livré, sous des lambeaux, à l'indigence affreuse,
Arrache au sol ingrat, à des cœurs endurcis,
Le pain de ses sueurs ou celui des mépris.
L'autre creuse, répand, disperse ses richesses,
Achète, sans jouir, de vénales caresses,
Dévore au jeu ses biens et périt de langueur ;
Ou, gardien de son or, plutôt que possesseur,
Desséché dans les fers de l'avarice impie,
Paraît, comme Tantale, au banquet de la vie.
Mortel ! que le génie embrase de ses feux,
Assis sur un écueil, plein de tes envieux,
D'une éternelle soif ton ame tourmentée,
Est livrée au vautour qui ronge Prométhée ;
Et l'attrait d'un succès, que tu ne peux avoir,
Quand la terre t'encense, arme ton désespoir.
La haine aux noirs projets déchaînant la vengeance ;
Les dangers, les terreurs entourant la puissance ;

Le fer des Ravaillac, le poignard des Brutus,
Ainsi que les Nérons menaçant les Titus ;
L'implacable intérêt immolant l'Amérique ;
L'autel ensanglanté d'une main fanatique ;
L'ardente ambition régnant sur des tombeaux ;
Trahisons, calomnies, assassinats, complots ;
Hypocrisie, inceste, adultère, homicide,
Et l'amour infidelle et l'amitié perfide :
Voilà les jeux sanglans, les constantes horreurs
Dont la société vient attrister nos cœurs.
Et quelqu'homme de bien, à peine, hélas ! surnage
Sur les tristes débris de ce vaste naufrage.
Mais, pourquoi ménager mes couleurs, mes pinceaux ?
Je ne vois que tyrans, victimes ou bourreaux ;
Et la séduction, la force, ou l'imposture,
Briser des droits sacrés, fondés par la nature.
Peindrai-je ces Sultans, de carnage affamés,
D'un sceptre criminel insolemment armés,
Déployant dans leurs mains cruelles, menaçantes,
De leurs frères tués les dépouilles sanglantes ?
Dans l'effrayant tableau des révolutions,
Peindrai-je le fracas, le choc des passions ;
Les empires voilés par des crêpes funèbres ;
De barbares Tribuns, des attentats célèbres ;
Des partis acharnés, ivres et furieux,
Se heurtant, se frappant, se déchirant entr'eux ;

Des trônes, des autels, la chute épouvantable ;
Des dogmes monstrueux le triomphe exécrable ;
Des forfaits inouis, des supplices nouveaux ;
Des Rois exterminés par des peuples bourreaux ;
Et le nègre stupide, égaré par des traîtres,
Revendiquant ses droits en égorgeant ses maîtres ?
Voyez-vous sous le dais l'infame délateur ;
Tandis qu'un fils barbare, atroce en sa fureur,
Attend d'un œil farouche et d'une main avide,
L'épouvantable prix d'un affreux parricide ?
Voyez ces Sénateurs consternés et tremblans,
S'envoyer à la mort pour plaire à leurs tyrans ;
Se frapper tour à tour du glaive sanguinaire
Que lève en son courroux le perfide Tibère.
Dans un tranquille effroi, dans sa muette horreur,
Voilant d'un front serein l'impuissante douleur,
Rome aux fers, flatte encor la main qui la déchire,
Et rend grâces aux Dieux de son propre martyre.
Caligula paraît, Tibère est effacé ;
Claude meurt, par Néron ce lâche est remplacé.
Par Néron, juste ciel ! auprès duquel peut-être
Les plus cruels tyrans semblent cesser de l'être.
On ne voit que bourreaux sans cesse renaissans,
Et parmi le long cours de monstres effrayans :
A peine Rome, hélas ! dans sa douleur mortelle,
Compte-t-elle Trajan, Titus et Marc-Aurelle.

A

À peine les rayons d'un bonheur passager
Adoucissent l'horreur d'un éternel danger.

Mais, pour tracer encor des images plus sombres,
J'irai, je descendrai dans l'empire des ombres,
Des flots sanglans du Styx mes pinceaux sont trempés.
Tombez, fiers conquérans d'épouvante frappés :
Sur vous, sur vos autels, sur vos lauriers funestes
Mes pleurs déchaineront les vengeances célestes.
Oui, quand la fable a peint les coursiers d'Apollon
S'indignant d'obéir au jeune Phaéton,
Et portant en tous lieux leur course vagabonde,
Par des embrasemens épouvanter le monde ;
Sans doute elle a voulu, par de vives couleurs,
Des hardis conquérans nous peindre les fureurs :
L'excès de leurs forfaits fait l'excès de leur gloire.
Devant le grand éclat que répand la victoire,
Voyez-les palpiter d'orgueil et de plaisir.
Des rêves enchanteurs viennent les enhardir ;
Leurs triomphantes mains des dépouilles du monde
Couronnent les héros dont l'ardeur les seconde ;
Tandis qu'en s'élançant, leur vol audacieux
Des soldats fascinés éblouissant les yeux,
Semble, au premier début de leur course infinie,
A la grandeur du plan élever leur génie.
Leur nom jusques aux Cieux en triomphe est porté,
Et leur gloire sur nous plane avec majesté.

En eux tout devient grand, auguste, magnanime,
Et le moindre péril rend leur valeur sublime.
Pour tromper nos malheurs, en versant des fléaux,
Ils parent leurs discours de prestiges nouveaux ;
Et leur hypocrisie adroite, sanguinaire,
Annonce des bienfaits en ravageant la terre.
Le sort combat pour eux, la foudre est dans leurs mains;
Mais pour vaincre, fouler les traités les plus saints,
Armer, parmi les rois, les fils contre les pères,
Allumer dans leur cour les torches funéraires,
Les briser l'un par l'autre, usurper leurs états,
Détruire des rivaux par des assassinats,
Dans le piége entraîner des nations stupides,
Inventer des poisons, déchaîner des Séides,
Et mêler à la guerre, aux complots, aux forfaits,
Le politique éclat de quelques faux bienfaits :
Voilà les noirs moyens où leur grandeur se fonde,
Et les sanglans degrés de l'empire du monde.
Cependant, couronnés par la guerre et le sort,
Ils dispensent la gloire et la vie et la mort ;
Et leur char triomphant attelé par les crimes,
Roule au milieu du sang de leurs tristes victimes.
Un long effroi s'étend pour fléchir leur courroux ;
Les peuples et les rois embrassent leurs genoux.
Mais si quelque revers ouvre l'abyme immense,
Où peut s'anéantir leur barbare puissance,

Leur orgueil devient rage à l'aspect du malheur,
Leur joug de fer sur nous tombe avec pesanteur :
Ils forcent les mortels, par des lois inhumaines,
A s'immoler pour eux, à défendre leurs chaînes,
Et la faux des combats, ou le fer des bourreaux,
Les moissonne à leur gré comme de vils troupeaux.
Le ciel enfin se lève, il venge la nature ;
D'un bout de pôle à l'autre éclate un long murmure.
Les peuples indignés des débris de leurs fers,
Vont frapper sans pitié ces dieux de l'Univers :
Leur trône, s'écroulant au milieu des orages,
Se brise, s'engloutit dans l'océan des âges ;
Et ces monstres cruels, par leurs forfaits souillés,
D'un exécrable éclat justement dépouillés,
N'ont plus, dans les horreurs de leur chute profonde,
Que le spectre du crime et les larmes du monde.
Mais, le dirai-je, hélas ! de longs siècles de paix
Ne peuvent réparer les maux qu'ils nous ont faits.
En tombant au cercueil, leurs ombres menaçantes
Nous laissent entourés de ruines sanglantes ;
Et, pour comble d'horreur, de principes pervers,
Dont la morale impure avilit l'Univers,
Sont l'héritage affreux, le seul fruit qui nous reste
Des coupables excès d'une gloire funeste.
L'homme ainsi, d'âge en âge à gémir condamné,
Traîne de ses ennuis le joug infortuné.

Les vices, les forfaits, les maux héréditaires,
Aux fils avec leur sang sont transmis par les pères ;
Et les hommes de bien sont, parmi les méchans,
Rares comme les fleurs en des déserts brûlans.
Faut-il, en traits vengeurs, en lugubres images,
De la société vous peindre les ravages !
Offrir à vos regards d'illustres malheureux
Dont nous pleurons encor les désastres affreux !
Un Orphée expirant sur des rives ingrates,
Un Clitus poignardé par des mains scélérates !
Atride succombant sous un bras adoré,
Le vertueux Longin surpris et massacré !
Miltiade expiant ses immortels services,
Un Phocion du peuple éprouvant les caprices !
Et dans l'affreux retour des destins irrités,
De leurs trônes sanglans les rois précipités !
Et, qu'on ne pense pas que l'audace des crimes
S'attache seulement à d'illustres victimes.
Combien de fois, hélas ! une obscure fureur
Immola sous le chaume un humble laboureur !
Contre une destinée éclatante ou commune,
S'arment également le crime et l'infortune :
Et souvent le génie, ainsi que la vertu,
Succombe sous les traits dont il est combattu.

O vertueux Socrate ! ô fils de Sophronime !
Qui peut te refuser un encens légitime ?

Des sophistes, amis de brillantes erreurs,
De la Grèce séduite orgueilleux précepteurs,
Avant toi n'étalaient, en phrases arrondies,
Qu'un incertain tableau d'hypothèses hardies ;
Et dans un labyrinthe enfermant les esprits,
Composaient savamment d'inutiles écrits.
Loin d'égarer ses pas dans cette route obscure,
Socrate répandit une doctrine pure ;
Il forma, le premier, les sympathiques nœuds,
Qui devaient réunir les citoyens entr'eux.
Vers la gloire élevant leurs passions vulgaires,
Il flétrit à leurs yeux les honneurs populaires ;
Leur fit aimer les lois, la justice, les mœurs,
Agrandit leur génie en éclairant leurs cœurs.
Par ses généreux soins, on vit bientôt paraître
Des disciples nombreux, tous amis de leur maître,
Qui, de son éloquence, illustres héritiers,
Se couvraient à l'envi d'honorables lauriers,
Et, répandant des mœurs la leçon et l'exemple,
Changèrent son école en un auguste temple.
Platon, comme un flambeau, brillait au milieu d'eux.
D'un précepteur habile, autant que vertueux,
L'Univers révéra la haute renommée :
D'un si beau changement Athènes fut charmée ;
Et l'encens d'Aspasie et celui des héros,
Couronnèrent l'auteur de si nobles travaux.

Mais un orage affreux, excité par l'envie,
Trouble les jours sacrés d'une si belle vie;
Et des méchans, honteux de ces justes dédains
Que la vertu prodigue aux vices des humains,
Osent, dans les complots de leur lâche vengeance,
D'un sage ami du ciel attaquer l'innocence.
Contre Socrate on voit des partis se former,
Cherchant à l'avilir, avant de l'opprimer.
Exécrable instrument de leur haine fatale,
Une muse, à la fois sacrilége et vénale,
Couvre, hélas! sans remords, de sarcasmes cruels
Le plus sage des Grecs, le plus grand des mortels.
Ciel! la fureur augmente.... ô scandale!.... le crime
Court avec plus d'audace accabler sa victime;
Vers un sénat impie il brûle de traîner
Celui que de lauriers on eût dû couronner;
Et par ce tribunal la vertu confondue,
Sourit à ses bourreaux en buvant la ciguë.
Combien, en abusant du nom sacré des lois,
Les hommes, élevant leur sacrilége voix,
Dans la tombe ont plongé d'innocentes victimes,
Dont les rares vertus avaient fait tous les crimes!
O le meilleur des Rois! ô généreux Louis!
Par de combats affreux, de forfaits inouis,
Pour prix de ta bonté, pour prix de ta clémence,
J'ai vu briser ton trône et tomber ta puissance;

Et d'infames brigands, contre toi conjurés,
Lever leur fer sanglant sur tes jours adorés !
Mais, qu'on ne pense pas à cette horrible image,
Que le monde ne soit qu'un impur assemblage
D'hommes ambitieux, avares ou cruels,
D'Érostrates nouveaux, de farouches Cromwels.
J'ai vu de grands bienfaits couvrir l'horreur des crimes,
Des retours glorieux et de remords sublimes ;
Des Français, des héros, nobles martyrs des lois,
Périr sous les débris du trône de leurs rois :
J'ai vu de l'échafaud, des femmes orgueilleuses
Offrir aux meurtriers leurs têtes courageuses ;
Des prêtres égorgés embrassant leurs bourreaux,
Et la vertu sourire à l'excès de ses maux ;
Et dans des jours de deuil et d'horribles lumières,
On trouva des Codrus jusque dans les chaumières.
D'une palme civique allons tous couronner
Un Roi qui règne en père et qui sait pardonner.
Élevons sur un char traîné par tous les âges,
Parmi des flots d'encens et d'éternels hommages,
Ce magnanime Czar planant avec splendeur
Au-dessus des héros de l'humaine grandeur.
Ainsi, si des forfaits le monde est le théâtre,
Il produit des Burrhus, des Monck, des Henri quatre ;
Des cœurs compatissans ouverts à la pitié,
Et qu'embrasent les feux d'une noble amitié.

Mais la vertu se cache et le crime s'élance,
Il accable le juste, il corrompt l'innocence,
Il s'agite, il poursuit de ses coupables traits
Le prêtre sur l'autel, le prince sous le dais.
Et quel mortel, hélas ! a terminé sa vie
Sans avoir éprouvé son injuste furie ?

     Sans doute j'ai tracé dans toutes ces horreurs
De la société les constantes fureurs ;
Et ces traits ne sont pas des tableaux fantastiques
Qu'enfantent des cerveaux creux et mélancoliques :
C'est de la vie humaine un fidelle miroir.
Mais peut-être, en fuyant ces lieux de désespoir,
Et plaçant mon séjour sur des rives sauvages,
Mes yeux y trouveront de plus douces images,
Et plus de mœurs dans l'homme errant au sein des bois,
Que dans l'homme vivant sous l'empire des lois.
Etrange illusion où mon esprit s'égare !
Ici l'homme est encor plus cruel, plus barbare ;
Renfermé dans lui-même et dans ses seuls besoins,
Il borne à cet objet et sa force et ses soins.
Pourquoi donc, sans rougir, des écrivains perfides
Ont de belles couleurs peint des hommes stupides,
Dont l'esprit méconnaît, d'ignorance hébêté,
Les droits de la nature et de l'humanité ?
Osera-t-on chercher le bonheur, la morale,
Sur des bords habités d'un peuple cannibale

Qui n'a jamais connu l'amour et l'amitié,

Ni respect pour les morts, ni la douce pitié ;

Qui n'offre, dans les fers d'une éternelle enfance,

Qu'une raison muette, un cœur sans jouissance ?

D'un délire féroce armant ses passions,

Effrayant les plaisirs par ses dissentions ;

Immolant les vieillards, dévorant avec rage

Les captifs qu'il a faits dans les champs de carnage ;

S'égorgeant sur l'autel de ses dieux inhumains ;

Pour une hutte, hélas ! de ses sanglantes mains

Se déchirant sans cesse ; ô démence profonde !

Comme s'il combattait pour l'empire du monde !

Fuyons ces lieux d'horreur. Ah ! si dans nos cités,

En proie aux longs tourmens de nos calamités,

Nos jours coulent, hélas ! au milieu des tempêtes,

Quelquefois des vertus l'astre luit sur nos têtes ;

Quelquefois l'indigence y trouve un bienfaiteur ;

Oreste y vit Pylade embrasser son malheur ;

Et Louis, succombant sous des tyrans superbes,

Y trouva pour appui Désèze et Malesherbes.

Mais ces exemples doux, sublimes ou touchans,

Semés de loin en loin sur la route des temps,

Qui, parmi des écueils nous charment, nous consolent,

Se perdent au milieu des maux qui nous désolent :

Et l'homme malheureux, sur ce globe jeté,

Frappé par la nature et la société,

La foudre sur sa tête, à ses pieds le naufrage,
Marcherait entouré du plus sombre nuage,
Si des fleurs ne venaient, en trompant son chagrin,
D'une effroyable vie égayer le chemin,
Ou s'il ne souriait aux voluptés factices
De quelques fous dansant au bord des précipices.

  Mais si, brisant enfin un funeste bandeau,
Il veut de sa raison consulter le flambeau ;
Quelle faible clarté, quelle pâle lumière,
Éclairent l'horizon de sa triste carrière !
Sans doute le soleil de splendeur couronné,
Dans sa vaste prison l'Océan enchaîné,
Ces astres suspendus à la voûte du monde,
Adoucissant des nuits l'obscurité profonde,
Vers un centre commun gravitant à la fois,
Nous proclament d'un Dieu les immuables lois.
Mais, comment pénétrer son étendue immense,
Les nobles attributs qui forment son essence ?
Ce Dieu nous créa-t-il pour quelque grand dessein ;
Ou, sortis comme un jeu de sa puissante main,
D'un œil indifférent contemple-t-il nos chaînes,
Nos vices, nos vertus, nos plaisirs et nos peines ?
Daigne-t-il nous servir de lumière et d'appui ?
Cet Univers est-il éternel comme lui ?
Qui nous débrouillera, dans cette nuit profonde,
Le mystère de l'homme et l'histoire du monde ?

Je n'ose sans effroi descendre dans mon cœur ;
J'y trouve la bassesse unie à la grandeur,
Et du mal et du bien l'effroyable alliance.
Sais-je ce que je suis ? sais-je ce que je pense ?
Est-il une autre vie au-delà du trépas ?
Ou, tout meurt-il en moi, quand je n'existe pas ?
De tout ce que je vois ma raison s'épouvante.
Du crime couronné, la fortune insolente
Accable les mortels de son joug odieux,
Tandis que la vertu n'ose lever les yeux.
Voyez-vous ce vaisseau qu'en sa brûlante rage
Pousse, secoue, entraîne un effrayant orage ?
Triste jouet des mers, les vents avec fracas
Ont déchiré sa voile, ont renversé ses mâts :
Il se penche, il s'enfonce, où d'un profond abyme,
Des flots amoncelés il regagne la cime.
Le pilote tremblant, de cet affreux danger
Ne peut rompre le cours, ne peut le dégager ;
Et dans son désespoir, à l'aspect du naufrage
Ne voit que des écueils et pas un seul rivage.
Tel est l'homme ici-bas : par l'espoir consolé,
Égaré par l'erreur, par le doute troublé,
De sa faible raison, déplorable victime,
Ami de la vertu, sans renoncer au crime,
Au dedans tourmenté, quand il rit au dehors,
Aigri par ses malheurs, brisé par ses remords,

Il s'endort, il s'agite, il adore, il blasphéme ;
Il fait le mal qu'il hait, il fuit le bien qu'il aime ;
Il soupire, il gémit, et dans ses longs tourmens,
Causés par les combats de l'ame avec les sens,
S'il croyait au tombeau finir sa destinée,
Sa main y plongerait sa vie infortunée ;
Et quelquefois lassé d'un affreux désespoir,
Il fuit toute lumière, abjure tout devoir,
Et d'un affreux système embrassant le mensonge,
Au sein des voluptés sans pudeur il se plonge.

　　Ah ! que fais-tu ? frémis, ô mortel imprudent !
Penses-tu que la mort te condamne au néant ?
Sur ta tombe le Ciel ne peut-il pas descendre,
Envelopper ton ame, échappée à ta cendre,
Des traits de son courroux t'atteindre, te punir ?
Sur le bord des volcans oses-tu t'endormir ?
Sur de vains intérêts ton ame vigilante,
Pour le plus grand de tous est-elle indifférente ?
Tes jours, hélas ! éteints, verrais-tu sans pâlir
Sur les bornes du temps l'éternité s'ouvrir ?

　　A ces cris effrayans qui frappent son oreille,
Après un long sommeil, l'insensé se réveille ;
La crainte, le remord viennent le déchirer :
Il se trouble, il s'élance, il cherche à s'éclairer,
A fuir le calme affreux et les terreurs du doute.
Un savoir orgueilleux vent lui tracer la route

Qui doit, en l'instruisant, le conduire au bonheur :
Le malheureux, séduit par cet espoir flatteur,
Court, vole interroger, dans sa vive alégresse,
Les oracles fameux de l'humaine sagesse.

CHANT TROISIÈME.

PHILOSOPHIE.

DANS un lieu révéré s'élève un temple antique
Qu'entretient des mortels le culte fanatique ;
L'encens n'y fume point sur l'autel des héros,
Mais aux pieds des savans, fameux par leurs travaux.
Sur leur front le génie a placé sa couronne ;
Pour les voir, que de rois descendus de leur trône,
Ont oublié l'éclat de leurs propres honneurs !
Des Dieux de cet olympe, humbles adorateurs,
Les peuples éblouis par d'éternels hommages,
Accompagnent leur gloire à travers tous les âges,
En semant sur leurs pas des lauriers toujours verts ;
Et dans ce grand triomphe, où se plaît l'Univers,
Le temps même étonné voit sa main furieuse
Courber devant leurs noms sa faux respectueuse.
Par-tout la renommée aime à les publier,
Comme les précepteurs de l'Univers entier.

Eux seuls d'un voile épais dégageant la nature,
Versent sur nos esprits une lumière pure ;
Ils président aux mœurs de la société ;
Et des Grecs, Apollon était moins écouté.
Le temple offre, en son sein, sur des toiles vivantes,
Adages révérés, maximes consolantes ;
Et l'artiste y grava sur l'ivoire et l'airain,
Ces mots : la raison parle en ce séjour divin ;
Ici, tombe l'erreur, les préjugés s'effacent,
Et de la vérité tous les traits se retracent.
Aussi bien qu'à l'esprit ce temple plaît aux yeux ;
Un saint zèle l'orna d'un luxe ingénieux ;
Et des arts créateurs les mains enchanteresses
Ont allié leur faste à celui des promesses.
Pour subjuguer encor l'Univers prévenu,
Il s'offre à ses regards d'un grand nom revêtu ;
C'est le temple sacré de la Philosophie.
   O nouvelle Sybille ! ô toi qu'on déifie !
Parle ?..... je vais chercher aux pieds de tes autels
Un calme qui me fuit dans mes doutes cruels.
A ces mots..... soulevant sa tête octogénaire,
Le vieux Thalès répond, d'un air atrabilaire :
   « Le monde ne fut pas un mélange confus
» De tous les élémens ensemble confondus.
» L'onde seule existait, et dans son sein immense,
» L'air, la terre, le feu, prirent jadis naissance.

» Ensuite, en attachant les astres dans les airs ;

» Il débrouilla le tout, il forma l'Univers ; »

Et bientôt, suspendant ses leçons de Physique,

Il vanta son traité de Morale publique.

Pendant le court instant où Thalès pérorait,

Anaximène en feu de dépit s'écriait :

« Thalès, je n'entends rien à tes métamorphoses ?

» L'air est le seul principe, auteur de toutes choses.

» Que tout vague avec soin de mon livre banni,

» Dans toute sa clarté présente l'infini.

» L'infini n'est pas Dieu, mais l'innombrable masse

» Des êtres variés que la nature embrasse ;

» Nulles formes entr'eux ne distinguent les corps,

» Le mouvement leur donne et chaleur et ressorts. »

Anaxagore alors, tout brillant de génie,

Expose éloquemment de sa Cosmogonie.

La nouveauté profonde et les hardis tableaux.

Il dit..... Dieu fit sortir le monde du chaos ;

Sa main le couronna d'une voûte de pierre,

Et des astres formés de semblable matière,

Dont les cieux, en roulant avec rapidité,

Allumèrent les feux et la douce clarté.

Une masse de fer embrasée, arrondie,

Est le soleil qui brille en sa route hardie.

Enfin, sans le secours d'un pouvoir créateur,

Les animaux sont nés d'un sol plein de chaleur ;

Et

Et du monde physique, en terminant l'histoire,
Ce sage nous prouva que la neige était noire.
Puis, de l'homme moral expliquant le devoir,
Et le souverain bien, il nous fait concevoir
Que, né pour contempler le soleil et la lune,
L'homme doit, méprisant places, honneurs, fortune,
Jouir de son esprit, de soins indépendant,
Et consacrer sa vie à rêver constamment ;
Que le corps doit périr, mais que l'ame immortelle,
De la destruction brave la loi cruelle.
Du fameux Périclès l'éloquent précepteur
Fut suivi de deux fous d'une bizarre humeur :
L'un, en lançant deux doigts qu'allongeait la malice,
Riait de la vertu, comme il riait du vice ;
L'autre, mélancolique, en son chagrin banal,
Pleurait également du bien comme du mal.
De la réunion du vide et des atomes,
L'un créait la nature, et les Dieux et les hommes,
Et prêchait qu'asservie aux lois de notre corps,
Notre ame périssait lorsque nous étions morts ;
L'autre, en ces noirs accès de sa mysanthropie,
Détestait les mortels aussi bien que la vie ;
Sur l'ame il hasardait quelque froid entretien,
Obscur, métaphysique, et ne concluant rien ;
Puis, en parlant du monde, il s'échauffe, il s'escrime
A prouver que tout corps par un esprit s'anime ;

Que l'Univers enfin doit être consumé
Par l'élément du feu qui seul l'avait formé.
Tout-à-coup Épicure, environné de roses,
De la création nous expliqua les causes.
Une douce éloquence animait ses discours.
Tendrement couronné par la main des amours,
Philosophe sensible, il unit sur ses traces
Les leçons du savoir et l'école des grâces :
Orateur, petit maître, il enseigne, en riant,
De ses atomes froids le prodige étonnant.
Il commence..... Ecoutez le docte Sybarite :
Des atomes jadis l'inventeur Démocrite,
En les faisant agir, plaçait dans chacun d'eux
Un esprit qui, réglant leur choc tumultueux,
Pouvait donner un but, de l'ordre à leurs ouvrages,
Des sentimens au cœur, à l'esprit des images.
Moi, privant d'un moteur les atomes divers,
Par eux seuls, sans esprits, j'ai formé l'Univers.
Quant aux Dieux, je les livre à leur indépendance,
Sans troubler par mes vœux leur heureuse indolence :
Car l'Olympe, du sein d'un éternel repos,
Voit, sans s'en émouvoir, et nos biens et nos maux.
Ainsi donc, sans chagrin, sans erreur, sans murmure,
Sans craindre des enfers que créa l'imposture,
L'homme doit s'entourer de fleurs et de plaisirs,
Sans jamais épuiser ses sens et ses désirs :

Dans la volupté seule est le bonheur suprême.

Que vois-je ? c'est Pyrrhon ! il doute de lui-même ;
Il voit tous les objets comme s'ils n'étaient pas ;
Il doute de la vie, il doute du trépas.
Pour lui tout est suspect, vague, problématique,
Dieu, l'ame, notre corps, la morale publique :
Les vices, les vertus, à ses yeux ne sont rien ;
C'est la loi qui décide ou du mal ou du bien.
Qui peut, au meurtre affreux qui souilla Clytemnestre,
Donner le bel éclat des vertus d'Hypermnestre ?
Le sage, dit Zénon, doit régner sur ses sens,
Et jouir au milieu des plus affreux tourmens.
La douleur doit céder ; et l'aspect des supplices,
D'une ame vertueuse augmente les délices.
Ce portrait, exhaussé d'une fausse grandeur,
Étonne mon esprit, sans parler à mon cœur.
Mais, je vois s'avancer Pythagore lui-même :
On l'admire, on le suit, on le vénère, on l'aime ;
Son nom et ses écrits circulent en tout lieu ;
Sur sa muette école il règne comme un dieu.
Sans doute, répandant une saine morale,
Il bannit des cités la discorde fatale ;
Il poursuit, il foudroie aux yeux de l'Univers
Le luxe, auteur des maux de cent peuples divers.
Mais, expliquera-t-il, de sa Métempsycose,
D'un dogme ridicule, et l'effet et la cause ?

Quoi ! l'homme, après sa mort, par ce dogme fatal,
Revivrait dans le corps d'un stupide animal ?
Et notre ame immortelle, en prodiges féconde,
Languirait dans les fers d'une prison immonde !
Le Ciel qui la créa, dont elle doit jouir,
Pour la purifier voudrait donc l'avilir !
O Platon ! sur toi seul ma raison empressée
Élève ses regards, arrête sa pensée !
Toi seul sus agrandir, dans tes divins écrits,
Le flambeau dont Socrate éclaira nos esprits :
Oui, de la vérité, chez les Juifs descendue,
Quelque faible lueur découvrit à ta vue
Et notre ame immortelle, et l'être illimité
Reposant sur le sein de son éternité.
Mais, cherche-t-il la source et la cause fidèle
Des fléaux qu'enfanta la nature rebelle ?
Du poids de ce mystère accablé, confondu,
Dans un noir labyrinthe il s'arrête éperdu,
Et sa main, nous plongeant dans la nuit qui le couvre,
Laisse tomber le voile à l'instant qu'il l'entr'ouvre.
Ainsi, ces grands esprits, ces savans si vantés,
Par l'admiration jusques à nous portés,
Ornemens de la Grèce et du savoir antique,
Ne répandent sur nous qu'un éclat fantastique,
Sans nous faire connaître, en leur docte entretien,
Et les devoirs de l'homme et le souverain bien.

Quelques-uns nous ont peint , par de belles maximes ,
Le charme des vertus , la sombre horreur des crimes,
Et nous ont fait du sage un séduisant tableau :
J'en conviens ; mais nul d'eux n'a brisé le bandeau
Qui cache l'homme à l'homme, et dont la nuit épaisse,
Lui dérobant l'excès de sa propre faiblesse,
Ne lui présente , hélas ! dans ce triste abandon ,
Qu'un espoir appuyé de sa seule raison.
Ainsi, ce malheureux , égaré dans sa route,
Jouet de mille erreurs , tourmenté par le doute,
Détrompé des grands noms qui l'avaient trop séduit,
Des écoles des Grecs se retirant sans fruit,
Court, hélas ! s'éclairer, dans sa mélancolie,
Aux modernes flambeaux de la philosophie.

Mais d'abord , quel oracle, en leurs doutes cruels
Iront interroger les aveugles mortels ?
Voudront-ils consulter , du hardi Spinosisme,
Et le délire impie et l'affreux athéisme ?
J'écoute avec effroi son détestable auteur :
« Tout culte est idolâtre et tout prêtre imposteur :
» J'ai , des cieux détrompés, banni l'Être-Suprême ;
» Il n'est point d'autre Dieu que l'Univers lui-même :
» C'est de l'immense tout l'âme ainsi que le corps,
» Dont la seule chaleur fait mouvoir les ressorts.
» Son front est couronné de brillantes étoiles ;
» Ses pieds, des noirs enfers foulent les sombres voiles.

» La foudre aux longs éclats et le feu des volcans

» S'élance de ses mains, s'allume dans ses flancs.

» Ses membres ombragés, de forêts se hérissent ;

» Les flots amoncelés dans ses veines mugissent ;

» De la nuit et du jour ses yeux sont les flambeaux,

» Esclaves et tyrans, victimes et bourreaux ;

» L'homme, fier artisan des merveilles du monde,

» Et le tigre cruel, et l'animal immonde,

» Vers, reptiles impurs et cérastes hideux,

» Et la peste exhalant ses poisons dangereux,

» Et la chèvre qui broute et le bœuf qui rumine,

» Et des murs embrasés l'effrayante ruine,

» Et les monstres des mers, et le fougueux torrent,

» Qui, des monts élancés, roule et tombe en grondant ;

» Enfans de la matière et reproduits par elle,

» Forment de ce géant la substance éternelle :

» Hors de lui, rien n'existe, et tout esprit est vain. »

    Ainsi donc le tombeau bornera mon destin.

Marius peut dans Rome entasser ses victimes,

Sans craindre un Dieu vengeur qui punisse ses crimes ;

Et de Catilina le parricide orgueil

N'a rien à redouter dans la nuit du cercueil !

Infortuné Titus ! une vie adorée,

D'inutiles vertus se verra décorée,

Si la mort doit ravir, dans l'effroi du néant,

Au juste l'espérance et la crainte au méchant.

Mais pourquoi, Spinosa, ce fantôme bisarre,
Né des sombres vapeurs d'un esprit qui s'égare,
Vient monstrueusement, sous d'horribles couleurs,
Rajeunir les excès des antiques erreurs ?
Pourquoi ne dis-tu pas, sans voile, sans emblème,
Le monde est éternel, ou se créa lui-même ?
Lui seul sut se donner et mouvement et lois,
Nourrir l'or des moissons et le faste des bois ;
Et l'on vit naître un jour les animaux, les hommes,
Du choc des élémens, du concours des atomes.
Offre ensuite aux regards du vulgaire hébété,
Le grand mot de *nature* et de *fatalité*.

Mais je vois s'avancer, tout brillant de paillettes,
De contes libertins, d'élégantes sornettes,
A travers l'horizon d'un monde nébuleux,
Bayle, effronté cynique et savant dangereux.
Dans l'horrible chaos, formé par son audace,
Voyez-le triomphant des ombres qu'il entasse
Sur les rayons du jour dont notre œil est frappé.
De systèmes, d'erreurs, il marche enveloppé ;
Et dans leur sombre nuit, funeste météore,
Il glisse un jour douteux qui l'épaissit encore.
Dans le monde savant, Donquichotte nouveau,
Pour livrer des combats, tourmentant son cerveau,
Dans l'arène il paraît, guerrier philosophique,
Armé d'objections et d'un manteau cynique ;

Il attaque , il défend , il élève , il détruit ,
Et se jouant du sot que sa ruse séduit ,
Offre à ses yeux le vrai, sous une obscure teinte,
Caché dans les détours d'un vaste labyrinthe ;
Tandis que du faux seul, apôtre complaisant ,
Il l'orne des couleurs d'un prisme éblouissant.
Prendrons-nous pour Mentor, pour oracle, pour guide,
Un délirant *Fréret* , de systèmes avide ;
D'un Bayle, qui l'égare , élève fastueux ,
Moins profond , moins brillant et plus impétueux ;
Qui , détracteur farouche et soldat sacrilége ,
Par des assauts constans , harcèle , attaque , assiége ,
Un édifice saint que la Divinité
Éleva sur les temps et sur l'éternité ?
Laissons ce faux docteur , plus impudent qu'habile,
Embéguiner l'esprit d'un vulgaire imbécille ,
Et cherchons la raison auprès de *Boulanger.*
Je n'y vois que folie, imposture, danger.
Pour illustrer son nom et pour vieillir le monde ,
Voyez-le, du passé creusant la nuit profonde ,
Calculer', supputer, s'égarer, discourir ;
Ne nous laissant enfin, sans nous rien éclaircir,
Sous un pesant fardeau de lourdes hypothèses ,
Qu'à dévorer l'ennui de ses doctes fadaises.
Peut-être, plus heureux, le célèbre Raynal
Sera pour nos esprits un éclatant fanal,

Quoi, Raynal ! juste ciel ! ce pédant frénétique,
D'une liberté vaine, apôtre fanatique,
Éternel prédicant, fougueux déclamateur,
Qui ne rêve que fers, injustice, malheur ;
Qui, d'un style rebelle et gonflé d'hyperboles,
Arme contre les Rois ses bruyantes paroles :
Historien suspect, cynique antichrétien,
Qui juge, blâme tout et ne concluant rien,
Voit d'un même œil, du trône où son orgueil se guinde,
Le Pape, le Muphti, le Grand-Lama de l'Inde ;
Et ne préconisant qu'un exécrable lieu,
Où d'infames Lays ont le plaisir pour Dieu,
Met enfin, dans sa prose emphatique et bouffie,
En romans le commerce et la philosophie.
Chercherait-on les feux d'un jour brillant et pur
Sur les pas tortueux d'un *Condorcet* obscur,
Dont la métaphysique insipide, glacée,
Dans un style ennuyeux, torturant la pensée,
Proclame impudemment sur le tombeau des mœurs,
De l'esprit des mortels les progrès imposteurs ?
Vanterons-nous ce fou composant dans l'ivresse,
Qui jamais ne raisonne et plaisante sans cesse ;
De la saine morale infame corrupteur,
Et de l'homme machine, abominable auteur ?
Mais, en couvrant d'horreur le nom de *Lamettrie*,
Fuyons ce *Diderot*, dont la docte furie

Fait du code effrayant de ses impiétés
Une mer sans rivage, un chaos sans clartés,
Et qui semble orgueilleux de fournir des maximes
Au règne des tyrans, à l'école des crimes.
Qui ne rit de pitié du grand Helvetius,
Qui fait du plaisir même éclore les vertus ;
Donne à tous en naissant une égale lumière,
Et plus puissant qu'un Dieu, fait penser la matière ?

   Tels sont pourtant, hélas ! les hommes désastreux
Qu'environna l'éclat d'un succès fabuleux ;
Qui du peuple, enivré de leurs vaines paroles,
Reçurent des autels, devinrent les idoles ;
Auxquels on prodigua les titres si flatteurs
De sages, d'esprits forts et de législateurs ;
Dont la commune erreur, pour leur gloire enflammée,
Porta jusques aux cieux la triste renommée ;
Et que des temps, amis de solides raisons,
Sans doute eussent flétri par d'éclatans affronts.

   Mais je tombe, ébloui de leurs grands Coryphées :
Ils s'avancent, assis sur d'immenses trophées ;
L'encens fume à leurs pieds ; et philosophes-rois,
Tenant, sans légions, les esprits sous leurs lois,
Ils gouvernent en dieux l'opinion servile.
C'est Voltaire, et l'auteur d'Héloïse et d'Émile.
O honte ! en deux partis, tristement partagés,
Que de sots sont encor dans leur ligue engagés !

La fable , en nous peignant l'ingénieux Protée ,
Pressentit de Rousseau l'éloquence enchantée.
Il étonne, il ravit, il maîtrise mes sens.
Mon ame, suspendue au feu de ses accents,
Éprouve, au bruit flatteur d'une cadence heureuse,
De son style divin la force harmonieuse.
Il pense comme il sent : philosophe, orateur,
D'un syllogisme adroit, hardi fabricateur ,
Il anime , embellit sa logique pressante
Des perfides couleurs de sa prose brillante ;
Et son raisonnement endormant la raison ,
Dans une coupe d'or nous offre un doux poison,
D'autant plus dangereux , que ses traits mortifères
Empruntent les dehors des liqueurs salutaires.
Quel naufrage jamais prouva plus tristement
Que l'homme qui conduit son génie imprudent
Loin de la route , hélas ! par Dieu même tracée,
A travers mille écueils égare sa pensée !
Ah ! si , de Diogène empruntant le flambeau,
Nous osons l'approcher du sophiste Rousseau ;
Que vois-je ? quels travers ! quel orgueil ! quelle audace !
De l'Univers moral il veut changer la face.
Entendez-le déjà hautement publier :
« Tous détruisent ; moi seul je puis édifier. »
Et du vaste édifice où son talent s'applique,
Un libelle devient le scandaleux portique.

Dans sa rage il éteint le flambeau des beaux arts :
De la société mise en lambeaux épars ,
Cultes , mœurs , tribunaux , pontifes et monarques,
De la folie humaine avilissantes marques,
Tombent , et lui vainqueur sur ce vaste tombeau,
Suscite élégamment un animal nouveau ,
Et donne avec orgueil à ce stupide ouvrage,
De l'homme primitif l'ignorance sauvage.
Il s'agite , il proscrit, d'argumens hérissé ,
Il blâme le présent, attaque le passé.
O Rousseau , que l'erreur orna du nom de sage ,
De contradictions étonnant assemblage ,
Tu veux et ne veux pas : protestant ou romain ,
Socinien , déiste, et toujours incertain ,
Traînant , obscur , célèbre , une ennuyeuse vie ,
Tour à tour partisan, détracteur de l'envie ,
Et réclamant, honteux ou fier de ta raison ,
Ce soir une statue , et demain la prison ;
Dis-moi ce que tu veux ? ce que tu penses être ?
Tu crois régler le monde et ne peux te connaître ?
Voudrais-tu propager ton déisme embelli ,
En faisant de Volmar un athée accompli ?
Contre nos histrions tu déchaînes ta rage ,
En composant pour eux le Devin du Village.
Le peintre d'Héloïse est-il l'ami des mœurs ?
Ton grand art est celui de semer les erreurs ;

Et tu te fais, barbare, une funeste étude
De plonger nos esprits dans ton incertitude.
L'orgueil causa ton crime ; il sera ton bourreau ;
Lui seul de ta raison obscurcit le flambeau ;
Et livré par lui seul à ton délire impie,
Tu meurs dans les tourmens de ton hypocondrie.

    Mais un pareil supplice et d'horribles frayeurs,
Voltaire, de ta mort signalent les horreurs.
Chef de nos beaux esprits, rayonnant de génie,
Et possédant des vers la grâce et l'harmonie,
Du poëme héroïque ornant la majesté
Du brillant coloris de son style enchanté,
C'est du Pinde français la troisième merveille :
Moins parfait que Racine, et moins grand que Corneille,
D'Anacréon, d'Ovide et vainqueur et rival,
Dans le genre érotique il règne sans égal.
En cédant à Rousseau la chaleur, la noblesse,
Sa prose variée, heureuse, enchanteresse,
Sémillante de sel, d'esprit et d'agrément,
Vole d'un trait rapide, ou coule mollement.
Ce n'est pas un torrent qui dans son cours m'entraîne ;
Un fleuve avec grandeur s'avançant dans la plaine ;
C'est une source pure, un abondant ruisseau,
Qui roule sur des fleurs le cristal de son eau.
Vive, aimable, facile, élégante, émaillée,
Elle est faite avec soin, sans être travaillée ;

Elle charme, éblouit ; et pour nous divertir,
Effleure la raison , sans rien approfondir.

   Pourquoi donc ose-t-il , philosophe frivole,
Se déclarer le chef d'une coupable école,
Et sur les esprits forts, dont il se dit le roi,
Commander par orgueil plus que par bonne foi ?
Offre-t-il de Rousseau la logique pressée ?
Peut-il , comme Pascal , creuser dans la pensée ?
Véritable Bouffon, dans le raisonnement ,
Il persifle de tout, même du sentiment.
Sarcasmes, quolibets, traits plaisans, pointes fines,
Voilà son arsenal et ses armes mesquines.
Le voit-on , précédant ses nombreux bataillons ,
En tactique réglée, entassant monts sur monts ,
Avec ordre , semblable aux enfans de la terre ,
Attaquer Jupiter armé de son tonnerre ?
Soldat moins fastueux , fourré de ses bons mots,
Il escarmouche , il rit, et fait rire les sots.
Ce savant pâlit-il pour remonter aux sources ,
Quand Bayle et mille extraits offrent tant de ressources ?
Orateur sans raison , baladin effronté,
Il trahit en riant l'austère vérité.
Cite-t-il !..... pour l'honneur de sa philosophie
Il tronque, dénature, élague , falsifie :
Caméléon mobile, en son mobile esprit,
Le matin il encense, et le soir il proscrit.

Il voue à ses rivaux une haine implacable ;
Il a sur tout son siècle un empire incroyable ;
Il en est la splendeur, la lumière, l'appui ;
Tout ce qu'on fait de grand, d'utile, vient de lui.
Embelli des couleurs de son pinceau coupable,
Le sacrilége plaît, le vice est plus aimable ;
L'innocence enlaidie est livrée aux rieurs :
Et ce tribun, assis sur le tombeau des mœurs,
Pour fonder à jamais sa doctrine nouvelle,
Enfante sans remords son infame Pucelle.
Mais ce squelette enfin, par les ans desséché,
Et par le noir poison dans ses veines caché,
Exhale, en périssant, de la mort de l'impie
Les dernières fureurs d'une exécrable vie.

De la folie humaine, éternels monumens !
De tels hommes, hélas ! par leurs égaremens,
Dans un affreux abyme ont entraîné le monde,
Et changé sa lumière en une nuit profonde.
Contemplez, faux docteurs, apôtres si vantés,
Les fruits perturbateurs de vos impiétés ?

Sous vos traits, à la voix d'une horde en furie,
J'ai vu mille fléaux fondre sur ma patrie :
Les métaux les plus purs, en vils métaux changés ;
Sur les autels sanglans, les prêtres égorgés ;
Les meurtres usurpant les formes juridiques,
Des Rois exterminés, avec les mœurs publiques ;

Des brigands par le crime au pillage excités ,
Et la guerre civile embrasant nos cités ;
Des champs glacés du nord jusqu'aux rives du Tage ,
Le glaive des combats étendant son ravage :
Et si le ciel , hélas ! n'eût terminé nos maux ,
O Jean-Jacques ! Voltaire ! Érostrates nouveaux !
Le sang du monde entier que vous faisiez répandre ,
Eût été l'holocauste offert à votre cendre.
Plaignons donc le mortel qui va dans leurs écrits
Chercher la vérité , dont son cœur est épris ;
Ses yeux n'y trouveront qu'une lueur funeste ,
Et qui de sa raison consumera le reste.
Mais il est temps enfin d'éclairer son erreur ,
En l'amenant aux pieds d'un Dieu consolateur.

Dans cet âge brillant de vertus et de gloire ,
Où la religion , les mœurs et la victoire ,
Les palmes du génie , entouraient à la fois
Le trône où commandait le plus grand de nos Rois ;
Sur nos bords , transplanté des champs de la Tamise ,
Vivait un étranger , encor cher à l'Église ;
C'était Ramsai : du Ciel il reçut en naissant
Une ame généreuse , un génie éclatant ;
Et son heureuse étude en la littérature ,
Sut ajouter au don que lui fit la nature.
L'amour de la vertu résidait dans son cœur ;
Son esprit était droit , mais pas exempt d'erreur.

L'imagination ,

L'imagination, en l'égarant sans cesse,
Vers des piéges nouveaux entraînait sa faiblesse,
Et dans cet âge ardent, enclin aux passions
Qu'entoure le bandeau de mille illusions,
Ramsai, du faux éclat de la philosophie
Vit sa raison surprise, ou plutôt obscurcie.
Le temps mûrit enfin, sa pensée et ses sens :
Les nuages épais, autour de lui flottans,
Dont les rêves confus de l'humaine science
Avaient enveloppé sa vive intelligence,
Ne pouvaient satisfaire un esprit agité,
Qui, lassé des erreurs, cherchait la vérité.
Son ame s'élançait vers la route connue,
Que la philosophie éloignait de sa vue,
Et qu'elle avilissait par cent discours divers,
Aux yeux du faible adepte endormi dans ses fers.
Enfin, traînant par-tout son trouble involontaire,
Aux pieds de Fénélon, il s'écrie : ô mon père !
Des mortels le plus juste et le plus vertueux
Vous voyez devant vous un homme malheureux,
Ami du vrai, du bien, qui ne peut se connaître.
Calmez mes longs chagrins : la nature, mon être,
Sont une énigme obscure, un abyme profond,
Dont je ne puis trouver ni le sens ni le fond ;
Et les faibles clartés de la sagesse humaine
N'offrent qu'un jour affreux qui redouble ma peine.

4

Cette terre où je vis, semble un exil pour moi ;
Mon ame tend aux Cieux, mais je ne sais pourquoi.
Éclairez mes esprits ; qu'une sûre lumière
Guide mes pas tremblans dans ma triste carrière :
Si le Ciel a daigné s'expliquer aux humains,
J'embrasse avec transport ses préceptes divins.

A ces mots il s'arrête en répandant des larmes.
Mon fils, dit le Prélat, je ressens vos alarmes ;
Le Ciel par un jour pur calmera votre ennui :
Qui l'invoque avec zèle, est sûr de son appui.

CHANT QUATRIÈME.

——※——

FÉNÉLON A RAMSAI.

——※——

QUEL peintre tracerait, dans un tableau fidelle,
Du Cygne de Cambrai la mémoire immortelle ?
Bel ange de vertu, de lumière, de paix,
Il console, il instruit, il répand des bienfaits ;
Du charme de ses mœurs son éloquence ornée,
Vers ses douces leçons voit la terre entraînée.
A la cour, près du trône, il se montre à la fois
Le défenseur du peuple et le mentor des Rois ;
Et s'occupe toujours, dans son saint ministère,
Moins du bien qu'il a fait, que du bien qu'il peut faire.
Jamais d'un zèle outré l'intolérante aigreur
N'altère le doux miel qui coule de son cœur ;
Il préfère au palais de l'altière opulence,
L'humble chaume où gémit la timide indigence.
Le coupable lui-même, effrayé dans ses fers,
Sanctifie à sa voix ses trop justes revers.

Et si ce bon Prélat, plein du plus noble zèle,
De l'homme, du chrétien, le plus parfait modèle,
Peut, dans la piété qui le suit en tout lieu,
S'égarer un moment, c'est d'amour pour son Dieu.
   C'est par cette vertu si belle, si sublime,
Qu'il soumit un esprit digne de son estime :
La piété farouche, en grondant affaiblit
Le pouvoir de la foi, qu'un vrai zèle embellit.
Dans le palais, au fond d'un oratoire antique,
Est placé sans éclat un autel domestique :
Le modeste Prélat, d'un cœur religieux,
Y vient offrir au Ciel son hommage et ses vœux.
Du milieu de l'autel s'élève et se présente
D'un Dieu mort sur la croix l'image si touchante.
Inspirez-moi, grand Dieu ! s'écria Fénélon,
Des traits victorieux de clarté, de raison,
Pour fixer sous vos lois une ame infortunée,
Que vous avez vous-même en ces lieux amenée.
Puis, vers Ramsai tournant un œil plein de bonté,
Où se peint sa candeur, sa tendre charité,
Il poursuit : ici-bas, le Ciel a fait descendre
La vérité, mon fils, que je viens vous apprendre:
Vous la reconnaîtrez à des signes divins
Qui la distingueront de l'œuvre des humains.
J'abandonne avant tout l'outrageante folie
De vous prouver un Dieu que l'Univers public.

Je vis, le monde existe, il est un Créateur :
Un Athée est un monstre et d'esprit et de cœur.
Sans pilote, un vaisseau, du midi jusqu'à l'Ourse,
Peut-il courir les mers et diriger sa course ?
Un État gouverné par une sage loi,
Se meut-il sans l'appui d'un sénat ou d'un Roi ?
Le louvre des Bourbons s'est-il construit lui-même ?
Et l'Univers aurait, privé d'un Dieu suprême,
Le hasard pour auteur, pour guide, pour soutien ?
Sans esprit et sans corps, le hasard qu'est-il ?.... Rien.
Je ne viens pas non plus de mon ame immortelle
Vous annoncer les droits que sa grandeur décèle.
Vous peindre l'homme roi, le seul être pensant,
Fait pour l'invention, né pour le sentiment,
Dont l'œil perçant des cieux mesure la distance ;
Si son corps n'est qu'un point dans un espace immense,
Son esprit........ le passé, le présent, l'avenir,
Que dis-je ! l'Univers ne peut le contenir :
Séduit et non rempli, son cœur insatiable
Au-delà du trépas cherche un bonheur durable.
Dans l'infini lui-même il ose s'élancer ;
Le devine, le sent, s'il ne peut l'embrasser.
Lui seul peut aimer Dieu, l'admirer, le connaître,
Et son hommage seul est digne d'un tel maître ;
Lui seul avec grandeur, d'un noble dévouement
Déployant pour autrui le prodige éclatant,

Peut, ici-bas, offrir avec magnificence

Une image du Dieu dont il tient la naissance :

Et de tant de vertus le Ciel l'eût-il orné,

Aux horreurs du néant s'il l'avait condamné ?

Aussi, le dogme heureux de notre ame immortelle

Fut gravé dans nos cœurs par la loi naturelle :

Le plus sauvage lieu, le plus inhabité,

Comme Rome ou Memphis, l'a toujours adopté.

Il suit du Scythe errant la tente vagabonde,

Et Caton l'invoquait sur les débris du monde.

Et sans lui, quel serait le sort de la vertu ?

Le juste, des méchans sans cesse combattu,

Abandonné de tous et de la Providence,

Verrait le crime heureux, armé de la puissance,

Le perdre, l'accabler, et jouir sous le dais,

Sans crainte et sans remords, du fruit de ses forfaits.

Non, l'ame unie au corps ne peut périr ensemble,

En nous donnant, mon fils, un cœur qui lui ressemble.

Dieu s'imposa lui-même un devoir solennel :

Il est bon, il est juste, et l'homme est immortel.

Mais si, sortant du temps, sa périssable vie

De jours longs et sans terme est aussitôt suivie,

D'une égale faveur couronnés tour à tour,

Vivrons-nous réunis dans le même séjour ?

Non, non ..... la vertu seule a droit aux récompenses ;

Et loin du Ciel le crime expira ses offenses :

Mais si Dieu , négligeant l'ouvrage de ses mains ,
N'avait daigné donner aux malheureux humains ,
Pour règle , pour appui , que la loi de nature ,
Qui guiderait leurs pas dans cette route obscure ?
Des sages , des savans , à la suivre attachés ,
Ont-ils , en dévoilant ses principes cachés ,
Éclairé les mortels d'un code salutaire ,
Renfermant en entier tout ce qu'ils doivent faire ?
Eux-même , à peine ont-ils , dans leurs bizarres mœurs,
Tracé de cette loi quelques faibles couleurs.
Je dis plus : l'eussent-ils connue et pénétrée ,
Avaient-ils le pouvoir de la rendre sacrée ?
De miracles frappans étaient-ils investis ,
Pour commander la foi , pour dompter les esprits ,
Et fonder à jamais , sur une base unique ,
Le grand ressort des mœurs , la morale publique ?
Privé de ce secours , le savoir des Platons
Éclaira le lycée et non les nations :
Aussi , quand une erreur politique et cruelle
Voila l'obscur flambeau de la loi naturelle ,
On a vu sous son joug des pères complaisans
Sans remords exposer ou noyer leurs enfans ;
Et le peuple abruti sous de pieuses chaînes ,
Immoler à ses dieux des victimes humaines.
Mais , laissant dans l'oubli ces excès abhorrés ,
N'a-t-on pas vu , mon fils , des peuples éclairés ,

Vils jouets d'une atroce ou risible démence,
Embrasser des autels qui prêchaient la vengeance ;
Placer impudemment sur le trône des Cieux
Et l'infame adultère et l'inceste odieux ;
Encenser à la fois , d'une main fanatique ,
Et la chaste Diane et Vénus l'impudique ;
Ou vénérer, d'un cœur par la crainte brisé ,
La mugissante voix d'un bœuf divinisé ?
Ainsi donc , cette voix qui vient de la nature,
Difficile aux savans , pour le vulgaire obscure ,
Dont les complots du crime et de l'autorité
Obscurcissent encor l'incertaine clarté ,
Au salut des mortels devenant dangereuse ;
Dès-lors, pour éclairer leur route ténébreuse,
Le Ciel a dû lui-même accorder aux humains
Un code lumineux de préceptes divins,
Pouvant comme un fanal nous guider au rivage ,
En montrant nos devoirs sans voile et sans nuage.
Le Ciel l'a fait, mon fils ; c'est à nous de chercher
Cet éclatant flambeau que l'erreur veut cacher.

Des antiques tombeaux de Suze et d'Ecbatane
Dois-je ressusciter la doctrine profane
Que Zoroastre offrit aux aveugles Persans ;
Mélange impur où règne et folie et bon sens ;
Où s'allie, à des traits d'une morale sage,
De dogmes et de rits, un absurde assemblage ?

Irais-je réclamer ce code précieux,
A ce poëte habile autant qu'harmonieux,
Qui du Nil, imitant les scandaleux apôtres,
Prêche aux uns plusieurs dieux et le déisme aux autres?
Puis-je !..... me transportant chez un peuple hébété,
Dont on nous vante trop la fausse antiquité,
Recueillir à genoux, de ses mains imbécilles,
Un code avilissant, de préceptes serviles,
Des dogmes insensés, autant que monstrueux,
Joug pesant, sous lequel l'Indien malheureux
Traîne dans les langueurs d'une enfance éternelle
Le déchirant fardeau de sa chaîne cruelle ?
Loin de nous l'Alcoran, évangile imposteur,
D'un conquérant farouche armé par la fureur,
Qui, versant en tous lieux l'ignorance profonde,
Prêche le despotisme et les malheurs du monde ;
Plonge dans la mollesse et la stupidité,
Les esclaves tremblans dont il est écouté !
    Que tous ces cultes vains nous paraissent sans peine
De tristes monumens de l'impuissance humaine.
Un seul, plein de l'éclat de son divin Auteur,
Fut apporté du Ciel par notre Rédempteur.
Je le vois trop, mon fils ; jusqu'ici sa lumière
Sans fruit de sa splendeur frappa votre paupière :
Transmise jusqu'à nous par cent âges divers,
Elle brilla, le jour où parut l'Univers.

Mais, peut-être égaré par des voix mensongères,
Avez-vous regardé comme autant de chimères
De la création les fidelles récits,
Dans les livres sacrés, avec soin recueillis ;
Et jugeant cette époque au-delà reculée,
Par les ombres des temps entièrement voilée,
Sur la foi d'un athée, ou d'un fourbe érudit,
Peuplerez-vous l'Égypte avant qu'elle naquît ?
Peut-être, endoctriné par nos vaines physiques,
Donnerez-vous, au gré de leurs vieilles chroniques,
A l'ère des Chinois, stupidemment lettrés,
Deux ou trois cent mille ans de l'histoire ignorés ?
Mais non ; votre raison éclairée et solide,
Ne peut bâtir en l'air, se fixer dans le vide.
Contemplez de la Foi le flambeau révéré :
Dieu parle, le jour brille, et le monde est créé.
Une puissante main l'a lancé dans l'espace ;
L'abyme l'environne, et chaque astre à sa place
Remplit son mouvement et commence son cours.
La lune est pour les nuits, le soleil pour les jours.
Voyez jaillir des monts la cime menaçante ;
L'or brillant des moissons roule en vague ondoyante ;
Sous de berceaux de fleurs, de lilas, de jasmins,
S'offrent les plus doux fruits au premier des humains :
Tout aime et reconnaît le Roi de la nature ;
Le tigre est sans fureur, les hivers sans froidure ;

L'autan n'ose troubler ses innocens plaisirs ;
Le souffle qu'il respire est celui des zéphirs ;
Et l'immortalité de bonheur couronnée,
Doit filer de ses jours la trame fortunée,
Si, jouissant des biens de l'Univers entier,
Si, comblé des bienfaits qu'il ne peut oublier,
Il observe en son cœur, avec un zèle extrême,
Un seul commandement imposé par Dieu même.
Ce précepte fut sage ; il liait l'homme au Ciel,
Et soumettait son cœur aux lois de l'Éternel.
La volonté d'Adam par lui seul gouvernée,
N'est que par son devoir vers le bien entraînée ;
Sa téméraire main touche au fruit défendu ;
Sur le front pâlissant du coupable éperdu
S'allume tout-à-coup la divine colère ;
Et l'équitable arrêt de son juge sévère
Le condamne au travail, aux douleurs, à la mort.
Le vice et la vertu se disputent sont sort ;
Et la concupiscence allumée en son ame
Nourrit des passions la dévorante flamme.
Ainsi donc pour toujours, sous le joug du péché,
Avec ses descendans, Adam est attaché ;
Et quand la mort viendra lui fermer la paupière,
Loin du brillant séjour où règne la lumière,
Où l'Éternel s'assied sur le trône des airs,
Son ame descendra dans la nuit des enfers.

Quelle religion, ô mon fils ! sur la terre,
Pourrait ainsi de l'homme expliquer le mystère ;
La source de ses maux, comme de ses erreurs ;
Comment le vice altier est entré dans nos cœurs ;
Et pourquoi la vertu, troublée et chancelante,
Du vice qu'elle hait suit la rapide pente ?
Et si l'homme, indigné de son abaissement,
Brûlant de secouer un joug avilissant,
Vers le ciel, d'où sortit sa majesté première,
Ose élever un front couché dans la poussière ;
C'est un roi malheureux du trône renversé,
Qui voudrait ressaisir son empire passé :
Tel l'arbre enseveli sous d'immenses ruines
Voit quelques verts rameaux naître de ses racines.
Mais, l'homme sans espoir déshérité des Cieux,
Gémira-t-il toujours dans ses fers odieux ?
Non .... s'il ne peut suffire à réparer son crime,
Un Dieu, pour l'expier, s'offrira pour victime.
Un Dieu veut s'immoler, et son sang répandu
Doit nous rendre le Ciel que nous avons perdu.
Peut-être à ce récit votre esprit infidelle
N'écoutera, mon fils, qu'une raison rebelle,
Dans ses opinions toujours prête à changer,
Qui ne peut rien comprendre et qui veut tout juger ?
Sans doute, si ce dogme, à l'homme impénétrable,
Était sans nul appui pour le rendre croyable,

Nos regards se perdraient dans son obscurité ;
Mais quand , pour y répandre une vive clarté ,
De Dieu même inspirés , de sages interprètes
Forcent de l'avenir les demeures secrètes ;
Lorsque, pour nous instruire et pour dompter nos sens,
Les mers ouvrent leur sein, les morts leurs monumens,
Je le découvre alors, sans voile, sans obstacles ,
Et Dieu pour nous tromper ne fait point de miracles.

   Arraché tout-à-coup d'un séjour enchanté ,
Le malheureux Adam errant , persécuté ,
Condamné de sa main au travail indocile ,
A féconder le sein d'une terre stérile ,
Souriant à l'espoir d'un Dieu réparateur ,
Dans la nuit du tombeau descendit sans terreur.
Souvent pour consoler un naufrage funeste,
Des Anges descendus de la voûte céleste
Instruisaient les mortels, et faisaient en tout lieu
Régner avec le bien le culte du vrai Dieu.
Mais le mal prit bientôt de profondes racines.
D'infames voluptés , des guerres intestines,
La révolte au frond pâle, à l'œil audacieux ,
L'horrible impiété s'armant contre les Cieux ,
L'ambition féroce et des haines perfides ,
Le glaive étincelant en des mains parricides ,
La vengeance idolâtre , à des dieux impuissans ,
Brûlant sur des tombeaux un secrilége enceus,

N'offraient, parmi le deuil et le sang des victimes,
Qu'un effroyable amas de pécheurs et de crimes.
Dieu dit...... la foudre éclate, elle embrase les airs;
La pluie en longs torrens s'élance ..... les deux mers
Franchissant tout-à-coup leurs rives étonnées,
Couvrent le monde entier de leurs eaux déchaînées;
Le genre humain expire, et le Ciel est vainqueur.
Une seule famille échappe à sa fureur;
Sa vertu la sauva pour repeupler le monde :
Cette tige, bientôt honorée et féconde,
Propage, étend au loin ses fertiles rameaux,
Et la terre a reçu des habitans nouveaux.
Mais du crime d'Adam, trop déplorable ouvrage,
L'orgueil survit dans l'homme au plus triste naufrage.
D'un art audacieux, coupable monument,
Une tour dans les airs lève un front menaçant :
Dieu frappe ses auteurs, et leurs voix confondues,
S'étonnent de parler des langues inconnues.
On se sépare, on fuit, et cent partis divers
Se répandent au loin dans le vaste Univers.
De naissantes cités la terre se couronne;
Ninus fonde Ninive et Nemrod Babylone.
D'autres, dont l'industrie excite les esprits,
Vont élever les murs de l'antique Memphis.
Mais, hélas! qui d'entr'eux resta long-temps fidelle
A ce Dieu qu'oubliait la rive maternelle ?

Tandis que le vrai culte et l'amour de Seigneur,
Et la constante foi d'un divin Rédempteur,
Des Patriarches saints habitèrent la tente,
Abraham annonçait à sa famille errante
Cet espoir consolant, d'âge en âge transmis.

Ah ! que la vérité vous éclaire, ô mon fils !
En dépit de l'erreur, sous un jour véritable,
Je viens de vous offrir l'époque invariable
Où naquirent les arts, les empires, les lois,
Où l'homme se polit. Hors d'elle, je ne vois
Qu'une nuit, où mes yeux, de lumières avides,
Ne trouvent pour clarté qu'hypothèses perfides,
Que systèmes obscurs, que fanaux impuissans,
A diriger mes pas vers la source des temps.
Qu'on attaque, en effet, la vérité profonde
D'un déluge prouvé par l'histoire du monde ;
Tandis que autour de nous mille accidens semés
Rassurent les esprits par le doute alarmés.
Aux argumens enfin dont je puis la confondre,
Que l'incrédulité se hâte de répondre.
Le monde est éternel, ou son antiquité
Passe l'âge trompeur par la Bible attesté.
Le déluge est semblable à tous ces vains fantômes
Qu'un faux zèle inventa pour effrayer les hommes.
Si jamais il eut lieu, la nature opéra
Ce grand événement que le Ciel iguera.

C'est de nos esprits forts le langage ordinaire.

Mais, raisonnons enfin : comment peut-il se faire,

Si, comme Dieu, le monde existe de tout temps,

Qu'avant la tour fameuse il fût sans monumens ?

Que nul état, nul peuple eût commencé de naître ?

Qu'on eût vécu sans arts, sans police, sans maître ?

Qu'aucun ambitieux n'eût, le sabre à la main,

Donné dans son pays des lois au genre humain ?

Que, le premier, Moyse en signes retracées,

Eût fixé la parole et transmis ses pensées ?

L'homme était-il avant si sauvage par choix,

Qu'aucun Cadmus n'osât le retirer des bois ?

L'éternité l'a vu dans sa longue ignorance,

Et depuis trois mille ans c'est un être qui pense.

L'impie a-t-il jamais, aux yeux des nations,

Ebranlé le pouvoir de ces objections ?

Peut-être osera-t-il, pour chercher un refuge,

Comme effet naturel, invoquer le déluge ?

Le même sort l'attend dans ce nouveau chemin,

Et pour le vrai croyant le triomphe est certain.

L'onde, à la voix de Dieu, d'épouvante frappée,

A-t-elle, en s'éloignant de la terre usurpée,

Entraîné dans son cours les cités, les hameaux,

Qu'elle eût pu renverser du torrent de ses flots ?

Ou, rongeant les débris de la colonne altière,

Les a-t-elle changés en humide poussière ?

                                        Quoi !

Quoi ! nulle inscription, nulle trace des arts,

N'a de l'antiquité pu frapper les regards ;

Et puis qu'en beaux discours, où l'imposteur se fonde,

On s'obstine à prôner la vieillesse du monde:

Mais, que vois-je ! ô mon fils ? la foi due au Seigneur

Paraît aux bords du Nil dans toute sa splendeur.

Loin du sol paternel captives, exilées,

Là sont du peuple juif les Tribus rassemblées.

Prophète revêtu du céleste pouvoir,

Moyse s'offre...... il vient, fidelle à son devoir,

Les conduire aussitôt à la terre promise.

Aux lois de Pharaon l'Égypte était soumise :

Ce prince armant en vain son incrédule orgueil,

Ose ...... Moyse dit...... l'Egypte est dans le deuil :

Sous l'œil brillant du jour, d'effrayantes ténèbres

Entourent l'horizon de leurs voiles funèbres :

La nature frémit ; les fleuves attristés

Roulent dans la terreur des flots ensanglantés ;

Sous d'invisibles coups les premiers nés périssent ;

D'insectes dévorans les moissons se hérissent ;

Les enfans de Jacob quittent ce lieu d'horreur ;

Et pour les garantir de leur fier oppresseur,

La mer, en s'entr'ouvrant, en deux murs divisée,

Aux Hébreux fugitifs offre une route aisée ;

Tandis qu'elle engloutit, en confondant se flots,

Une innombrable armée et des Titans nouveaux.

O prodige ! du Ciel la manne descendue,
Nourrit la nation dans les déserts rendue ;
Et pour calmer sa soif, un rapide torrent
D'une pierre jaillit sur le sable brûlant.
Celui qui d'un seul mot peut ébranler la terre,
D'éclairs environné, précédé du tonnerre,
Dans tout l'éclat d'un Dieu, législateur et roi,
A son peuple chéri vient apporter sa loi.

  Mon fils ! à tout l'éclat de ces brillans prodiges,
La fable osera-t-elle opposer ses prestiges ?
Dites à la physique, en ses hardis travaux,
A l'orgueilleux chimiste, autour de ses fourneaux,
D'imiter les éclats de la bruyante foudre,
Avant qu'un art savant eût inventé la poudre :
De feindre des éclairs, les sillons éclatans
Changerons-nous enfin la couleur des torrens ?
Une furtive main, du merveilleux éprise,
Falsifiant, dit-on, le livre de Moyse,
A glissé dans son sein un utile ornement.
Ce fait repose-t-il sur aucun fondement ?
Le prophète avait-il, semblable à la Sybille,
Renfermé son écrit en un secret asyle ?
Multiplié, transcrit, bien loin d'être caché,
Il occupait un peuple au seul texte attaché :
Et qui, par-dessus tout, haïssant l'imposture,
N'aurait pu l'adopter sans changer de nature.

Et s'il faut déployer d'invincibles raisons,
Pourrait-on sur ce livre élever des soupçons ;
Quand le culte des Juifs assis sur leur histoire,
En grava sur ses rits la fidelle mémoire ;
Quand chaque événement dans ce livre attesté,
Était le fondement d'une solennité ;
Quand enfin l'un et l'autre, unis d'intelligence,
Semblent le même jour avoir pris leur naissance ?
L'erreur combat en vain ; l'impiété, l'orgueil,
Se briseront sans cesse auprès de cet écueil.
Mais étouffons leurs voix. Des Hébreux, à quel titre,
Sans le secours de Dieu, Moyse est-il l'arbitre ?
Est-il roi, conquérant, à vaincre accoutumé ?
Sans soldats, sans pouvoir, il s'offre désarmé ;
Il brave un roi puissant redouté sur son trône :
Les Juifs suivent ses pas, il les maîtrise, il tonne.
Pourquoi donc, enchaînant leurs caprices divers,
Et leur rebellion et l'ennui des déserts,
Teint et couvert du sang de vingt mille victimes,
S'arroge-t-il le droit d'exterminer les crimes ?
Pourquoi donc, devant lui tous les chefs prosternés,
Abaissent-ils l'orgueil de leurs fronts étonnés ?
C'est qu'à sa voix les mers d'épouvante frémissent ;
Que la manne descend, que les torrens jaillissent ;
Que le jour de la nuit prend les sombres couleurs ;
Que des autels sacrés, lâches usurpateurs,

Trois prêtres arrachés d'un trône illégitime,
Tombent, ensevelis dans un profond abyme :
Et sur de si grands traits qui viennent les frapper,
Six cent mille témoins ne peuvent se tromper.

Mais pourquoi, du récit de si grandes merveilles,
Dieu veut-il des Hébreux étonner les oreilles ?
C'est qu'il veut à la foi d'un divin Rédempteur
Disposer constamment leur esprit et leur cœur.
Reçu de père en fils, et transmis d'âge en âge,
Ce dogme du Jourdain console le rivage ;
C'est l'orgueil d'Israël ; de Dieu même inspirés,
Entendez-vous la voix des Prophètes sacrés ?
L'un peintre du malheur, sur la natale rive
Fait retentir sa lyre, éloquente et plaintive.
Prophète et souverain, l'autre aux pieds du Seigneur
Dépose sa couronne et prosterne son cœur.
Le sublime Isaïe, avec magnificence,
En traits brûlans de feu comme un torrent s'élance ;
Et si d'un voile obscur s'entoure Ézéchiel,
L'avenir est sans ombre aux yeux de Daniel.
Presque tous annonçant le Sauveur qui doit naître,
Comme si devant eux ils l'avaient vu paraître.
Là, je le vois errant, proscrit, abandonné,
Comme un vil scélérat à la mort condamné.
Ici, c'est le Dieu fort, le maître du tonnerre,
Qui courbe devant lui tous les rois de la terre ;

Fait trembler à ses pieds ses ennemis vaincus,
D'un bonheur immortel couronne ses élus.
Puis à ce grand éclat succédant l'infortune,
Il est le triste objet de la haine commune :
Il succombe, il expire, accablé de douleur.
Celui-ci le présente, agréable au Seigneur,
Comme une pure hostie offerte en sacrifices,
A la place du sang des boucs et des génisses ;
Celui-là nous le peint au milieu des tourmens,
En père délaissé de ses propres enfans.
L'Être éternel, mon fils, qui, de sa voix féconde,
Des horreurs du chaos a fait sortir le monde.
Là, suspendu dans l'air, et dont le bras puissant
L'arrête chaque jour sur le bord du néant,
A pu seul dévoiler, à leur débile vue,
L'avenir entouré d'une profonde nue,
Et couvrir de l'éclat de sa juste faveur,
La terre qui devait enfanter le Sauveur.

Mais, où suis-je ? ô triomphe ! ô gloire incomparable !
Le jour qui doit sauver l'humanité coupable,
L'arracher au péché, l'affranchir du cercueil,
Et remplir son espoir en flattant son orgueil,
Arrive...... ô mont Liban ! vers la voûte azurée
Élève la splendeur de ton ombre sacrée !
O rameau de Jessé ! couronne-toi de fleurs !
Parais, astre éclatant, dont les feux précurseurs.

Éclairant le Jourdain, vers ses heureux rivages,
Des plus lointains climats guideront les Rois Mages.
Un Dieu naît.... une crèche est son humble berceau :
Bientôt il fait entendre un langage nouveau,
Détrompe les erreurs où l'Univers se plonge,
Ne voit dans nos faux biens qu'un séduisant mensonge ;
Et dans la pénitence enchaînant le Chrétien,
Y place le bonheur et le souverain bien.
Déjà de nos péchés victime expiatoire,
A s'immoler pour eux il veut trouver sa gloire,
Et se borne à nous faire un précepte bien doux,
C'est de vivre pour lui, puisqu'il mourra pour nous.
Peuple chéri de Dieu, dans l'erreur qui t'égare,
Ose-tu sur son Fils lever ta main barbare ?
Arrête, malheureux !.... as-tu donc oublié
Qu'il doit naître sans gloire, obscur, humilié ?
De tes Prophètes saints n'est-ce pas le langage ?
Quoi ! le divin Messie, attendu d'âge en âge,
Ne devra donc paraître, à tes yeux fascinés,
Qu'entouré de l'encens des mortels prosternés ?
Qu'en monarque, en vainqueur, à son char de victoire
Attachant l'Univers ébloui de sa gloire !
Et non pas en victime immolée à tes yeux,
Pour désarmer son Père et nous rendre les Cieux.
Mais il faut que du Ciel le décret s'accomplisse.
Et déjà, dans l'horreur du plus affreux supplice,

L'Homme-Dieu méconnu, chargé d'indignes fers,
Succombe, et de son sang rachète l'Univers.

Mais comment, descendu des voûtes éternelles,
Un Dieu peut-il s'offrir sous des formes mortelles ?
Et dans des flancs pareils à ceux qui m'ont porté,
Ensevelir sa gloire et son immensité ?
O mortel ignorant ! philosophe superbe,
Réponds ? Du vil insecte enseveli sous l'herbe,
Connais-tu la nature et quels secrets ressorts
Sans cesse en font mouvoir l'imperceptible corps ?
Peux-tu soumettre aux lois de ta vaine physique
Du flux et du reflux le cours périodique ?
Parle ? dévoile-nous, dans tes hardis travaux,
L'origine des vents, l'histoire des métaux,
Et quand cette raison, qui te rend si coupable,
Voit son orgueil mourir auprès d'un grain de sable,
Tu voudrais pénétrer la sainte obscurité
Qui couvre les secret de la Divinité ?
Pour te forcer enfin et de croire et d'entendre
Les saintes vérités que tu ne peux comprendre,
Laisse là ta raison et juge par tes sens :
Contemple Jesus-Christ. A ses divins accens
Je vois des noirs démons la troupe conjurée
Sortir avec terreur d'une ame délivrée ;
Et la fièvre brûlante aussitôt expirer
Sur le corps malheureux qu'elle allait d'évorer ;

Le Thabor s'éblouir de sa gloire nouvelle ,
Et Lazare arraché de la nuit éternelle.
Pour venger l'Homme-Dieu , sur la croix expirant ,
Du soleil obscurci vois le disque sanglant ;
Un long deuil répandu sur le plus grand des crimes ;
Les tombeaux s'étonner de rendre leurs victimes.
Mais sur ce Dieu caché qui trouble l'Univers ,
La mort osera-t-elle appesantir ses fers ?
Qu'un sénat soupçonneux, quand Jesus-Christ succombe,
D'une garde nombreuse environne sa tombe !
Vaines précautions ! inutiles efforts !
Enchaîne-t-on un Dieu dans l'empire des morts ?
Vainqueur et radieux de gloire , de puissance ,
Vers le Ciel qui s'entr'ouvre il s'élève , il sélance.
Pourquoi donc , quand un fait si public et si grand
Dans toute la Judée aussitôt se répand ,
Le sénat n'a-t-il pas , à la race future ,
D'un Dieu ressuscité dénoncé l'imposture ?
C'est qu'un tel attentat eût été mal reçu ,
Et qu'enfin du prodige il était convaincu.
Ce n'est pas tout , mon fils , une vive lumière
Appelle nos regards au bout de la carrière.
Suivez de Jesus-Christ les disciples tremblans ;
Tandis que par sa gloire , heureux et triomphans ,
De palmes , de lauriers , leur route était jonchée ,
Leur troupe à ses destins fut toujours attachée.

Mais lorsque aux flots d'encens, à l'éclat des faveurs,
Succèdent tout-à-coup d'effrayantes rigueurs ;
Qu'un roi cruel menace, et qu'un sénat coupable,
Sur une infame croix verse un sang adorable,
D'une prompte frayeur les apôtres saisis,
Du Dieu vivant, sans honte, abandonnent le Fils.
Pierre, le fondement de l'Église naissante,
Le renie à la voix d'une obscure servante :
Et Jesus-Christ lui-même, en sortant du tombeau,
Rassure à peine, hélas ! ce timide troupeau.
Mais lorsque plusieurs fois leur rédempteur, leur maître,
Daigna devant leurs yeux et descendre et paraître ;
Lorsque pour raffermir son esprit incertain,
A son côté sanglant Thomas porta sa main ;
Quand parmi les rayons dont les feux les couvrirent,
Les dons du Saint-Esprit sur eux se répandirent,
Tout fut changé ; le Ciel s'empara de leur cœur :
Ils volent, et brûlans de la foi du Seigneur,
Ils arborent la croix jusqu'aux bornes du monde ;
Ils bravent des rhéteurs l'éloquence profonde,
Et des tyrans armés du pouvoir souverain.
Ni les grils enflammés, ni les taureaux d'airain,
Supplices odieux inventés par la rage,
Ne peuvent effrayer leur généreux courage ;
Ils embrassent la croix au moment d'expirer :
Et j'en crois des témoins qui se font massacrer.

O ciel ! d'humbles pécheurs, dénués d'éloquence,
Sans soldats , des mortels vont changer la croyance ,
Arracher de leurs cœurs un culte enraciné ,
Faire régner la croix sur· le monde étonné ,
Proclamer la douleur , proscrire les délices ,
Livrer les passions aux larmes, aux cilices ,
Sans espoir, que l'opprobre ou les fer des bourreaux !
Celui-là seul, mon fils , qui vainqueur du chaos
Renverse les États , les élève ou les fonde ,
D'un prodige aussi grand peut étonner le monde.
Que dis-je ! des Chrétiens, tous les temps, chaque lieu,
Font triompher le culte et me prouvent le Dieu.
Pleure sur tes destins , nation criminelle ,
Qui sur ton Rédempteur levas ta main cruelle !
Le poids de son courroux s'appesantit sur toi !
Il éclate ; frémis, contemple en ton effroi ,
O ville scélérate autant qu'infortunée ,
Des Romains furieux la horde déchaînée !
Vois la flamme, le fer, l'esclavage et la mort
Dévorer tes lambeaux, se disputer ton sort !
Loin du sol paternel, repoussés d'âge en âge ,
Vois tes enfans errans de rivage en rivage ,
Portant, comme Caïn, sur leur front odieux ,
L'effroyable attentat commis par leurs aïeux.
Et tandis que tout meurt , tout s'éteint, et tout passe,
Dans sa dispersion vois leur coupable race,

Sans temple, sans états, sans pontife et sans roi,
Par une vaine attente attester notre foi,
En montrant dans ses mains et témoin et victime,
Les preuves de mon culte et celles de son crime.
   Mais, je vois l'Évangile et je vais l'adorer.
Si l'erreur, ô mon fils, a pu vous égarer,
Contemplez le jour pur, les divines lumières
Que sa morale apporte aux nations entières.
La douce charité sur elles étendant
Le lien fraternel d'un amour indulgent,
Dans ses bras caressans elle endort la vangeance,
La sombre inimitié, la fière intolérance ;
Sans foudre, sans menace, elle éclaire l'erreur ;
En haïssant sa faute, elle plaint le pécheur.
Loin de ce code saint, triomphant par lui-même,
Et le faste des mots, et l'orgueil du système :
Là tout est clair, profond, lumineux, pénétrant ;
Ainsi que le berger, il instruit le savant ;
Tout y paraît divin, auguste, magnanime,
Et sa simplicité nous cache un fonds sublime.
Par lui, le mortel faible, environné de maux,
Les embrasse, les brave et devient un héros :
Il rend le pouvoir doux, l'obéissance chère ;
Fait d'un sujet un fils et d'un monarque un père ;
Dans la même balance et sous les mêmes lois,
Pèse, condamne, absout et le peuple et les rois ;

Et si quelque faveur montre sa préférence,
C'est pour le pauvre obscur et non pour l'opulence :
Tout y décèle un Dieu. L'éloquent Cyprien
Vit ce livre sacré, le lut et fut chrétien.
Le grand fils de Monique, en voyant l'Évangile,
Lui soumit son esprit si long-temps indocile :
L'Oracle d'Antioche, un Cicéron nouveau,
Adora les rayons de ce divin flambeau ;
Et, cherchant les déserts, l'impétueux Jérôme,
Pour le suivre, abjura les délices de Rome.
Ainsi, mon fils, ainsi cette Religion,
Qui, des champs vénérés de l'antique Sion,
En vertus, en bienfaits, en prodiges féconde,
S'éleva par degrés sur le trône du monde,
Civilisa les mœurs de cent peuples divers,
Arracha l'homme au crime et l'esclave à ses fers,
Vit les plus grands esprits arborer sa bannière.
Et si quelque ombre enfin, aux feux de sa lumière
Se mêle quelquefois, on voit de tous côtés
Autour d'elle jaillir les plus vives clartés :
Tel souvent le soleil, voilé par des orages,
Voit ses rayons percer à travers les nuages.
Tout meurt, tout disparaît, hommes, princes, états ;
La foi seule triomphe et brave nos combats.
Ainsi donc, sur les pas des Léon, des Cyrille,
Hâtez-vous d'embrasser les lois de l'Évangile ;

Suivez de Jesus-Christ les préceptes si doux :
La vérité, mon fils, seule est digne de vous.

Chaque mot du Prélat était un trait de flamme
Qui dessillait Ramsai, qui, pénétrant son ame,
Détruisait le pouvoir de ses longues erreurs ;
La grâce, lui prêtant ses mouvemens vainqueurs,
Aidait de sa raison le changement rapide.
Tout-à-coup il s'écrie : ô mon père ! ô mon guide !
Je cède à vos discours ; votre utile entretien
A triomphé de moi, je crois, je suis chrétien.
D'une philosophie audacieuse et vaine,
Je brise pour toujours l'humiliante chaîne ;
Et mon esprit, enfin, par vos soins éclairé,
Dans la Religion trouve un port assuré.
Je ne demande à Dieu ni grandeur importune,
Ni ces biens passagers que donne la fortune :
En m'ôtant les erreurs dont j'étais fasciné,
En me donnant la foi, le Ciel m'a tout donné.
D'un cœur droit, bienfaisant, la vertu naturelle
A produit un Titus, a fait un Marc-Aurèle ;
L'orgueilleux stoïcisme, un austère Caton :
De l'Évangile seul peut naître un Fénélon.

FIN DU POEME.